ハーレムレーサー
Harem Racer
恋のレギュレーション待ったなし!
WORK FUJIO
Jam　原作
高橋恒星　著
キリヤマ太一　原画
PARADIGM　NOVELS 80

登場人物

山葉《やまは》もとこ　チームのメカニック。何よりも機械が大好き。

藤尾《ふじお》れいこ　チームのオーナー兼監督。何事にも厳しい女性。

片木《かたき》野島《のしま》信悟《しんご》之介《のすけ》　今年からＦ1/2に参戦する新人レーサー。

井上《いのうえ》マユミ　信悟之介のゴシップ記事を求めている記者。

ジューン・エルドラド　ハリウッドでも人気のある有名女優。

藤田《ふじた》ケイ　レースクィーン。見栄っ張りなところがある。

亜栗《あくり》まさひこ『フロスト・フジオ』のレーサー。女好きで有名。

レイ・ミンファ　スポンサーから派遣されている監査役。

本多《ほんだ》せな　どこの国にもあらわれる、謎のおっかけ少女。

第3章 ジューン

第5章 せな

目次

エピローグに続く、前書き

オレは彼女を待っていた。

秋の夜風に身を委ねながら、オレはただひたすら彼女を待っていた。

近くのパーティ会場からは、相変わらずの賑わいが聞こえる。パーティの主役である、オレの不在などを構わずに。

「こういう時は煙草《たばこ》でも吸って待つものなのかな。それともグラスを片手に……」

そう独り言をいって、オレは苦笑する。

煙草や酒どころか、オレはこれといった趣味や道楽を持ち合わせていない。ただ一つ、今の職業であるもの以外は。

オレは姓を『片木野島《かたぎのじま》』、名を『信悟之介《しんごのすけ》』という。年齢は24歳。職業はレーサー。

それがオレという人物を表わす、全てであった。

12歳の時、カートに乗って以来、オレはレース一筋で生きてきた。

人によっては人生の半分を占めるであろう異性、女という存在にしても、特に関心は無かった。そう、あの時までは……。

夜風に体温を奪われた体をブルッと震わせて、オレは何となく空を見上げる。

「……日本なんだよな、ここは」

星座の位置などについて何ら知識のないオレだったが、漠然とそう感じる。

その感慨は、この半年ばかりの各国を転戦し続けた生活を思い起こさせる。モータースポーツにおける頂点……の一歩手前であるF1/2グランプリでの激闘を。

同時にオレは思い出す。それぞれの地で知り合い、肌を、そして心を交わした女性たちの面影を。

その中でもひときわ光彩を放つ一人の女性に、オレは自分の想いを告白した。

プロポーズとも見える、その告白の返事を貰《もら》うためにオレはここで彼女を待っている。

「まさひこなら言うだろうな。『相変わらず要領が悪いっちゅーの』ってな」

ある意味自分をここまで導いてくれた、恩人ともいうべき同僚ドライバーのことを思い浮かべ、オレはそう口にする。

まさひこに言われるまでもなく、オレは自分の要領の悪さ……というか不器用なところは自覚している。現に今も告白した女性がここに来てくれるという確証はない。

だが、オレは信じる。何よりオレにそう思わせる自信を与えてくれたのは彼女だったのだから。

オレは大きく深呼吸をして、又思い出に浸る。

「全てはあの日から始まった……」

プロローグ 『スターティング・グリッド』～ＧＰ開幕直前～

12歳の時、オヤジに言われるままにカートに乗った……。

16歳の時、全日本選手権で優勝した……。

18歳の時、4輪に転向、いわゆるフォーミュラーカーというやつだ。国内ではF2500、F－JAPAN……アメリカでCARTOにもスポット参戦したこともあった。

そのあいだの5年間、優勝したこともあったし、スランプに陥ったことも。他にも事故による怪我《けが》、チームとの契約トラブル、馴れない外国での生活などのモータースポーツにおける大体のことは経験した。

そして遂に今年24歳にして、日本のワークスチームである『フロスト・フジオ』から、世界を股《また》に掛けたグランプリF1／2への誘いが来た。

これがサクセス・ストーリーなら、順調すぎるほどの道筋だ。他人がこれを聞いたら、単なる自慢話に聞こえるかもしれない。

オレ自身はどうかというと、決して舞い上がっていたわけではないが、初めて足を踏み入れるF1／2という世界に対して、やはり不安と緊張はあった。

それが原因だったのだろうか。

チーム関係者との打合わせがあった、ある日のことだった。

打ち合わせ後、オレはチームのオーナー兼監督である、藤尾《ふじお》れいこを自分の部屋に誘った。

本来なら彼女がオレより５つも年上の29歳であることから、『れいこさん』と呼ぶべきなのだろうが、れいこは案外簡単にオレの誘いに応じた。

れいこは噂《うわさ》では若い頃から経営の手腕に長けることでは有名であり、今の地位も独力で築いたという才覚溢《あふ》れる女性だ。が、その時のオレには、肩まで伸ばした艶《つや》やかな髪が印象的な年上の美人という認識しかなかった。

言うなればその時のオレには、れいこを抱きたいといった情欲しかなかったわけだ。


「これが今の私の……気持ちよ！」

部屋に入るやいなや会話も早々にベッドに押し倒そうとしたオレに対して、れいこが発した言葉がそれだった。

「気持ち？　……はうっ！」

言葉に続いて、『れいこの気持ち』であるパンチがオレのみぞおちに見事に決まった。

「く……い、息が……」

「この程度で苦しむようじゃ先が思いやられるわね。片木野島くんにはもう少し体を鍛えること、それに相手の気持ちを思いやることが必要なようね」

自分のスーツの乱れを直しながら、れいこは冷ややかに言った。

事態を把握していないオレは、相変わらず床にうずくまったままだった。

「じゃあね。おやすみなさい、お馬鹿さん」

れいこは颯爽《さっそう》と部屋をあとにしていった。

肉体的な痛みは徐々に癒《い》えてきたが、逆に精神的なショックは広がっていく一方だった。

「これは……もしかして……いわゆる……」

女性にセックスを断られる……つまりは一般的に言われるところの『フラれる』という経験、その苦さをオレは初めて味わった。


「何がいけなかったんだ？　何で彼女は腹を立てていたんだ？　何よりも何故彼女は部屋まで来たというのに、オレを拒んだんだ？」

頭の中を次々と疑問符が飛び交って眠れなくなってしまったオレは、ホテルのバーに足を運んだ。酒を飲まないオレとしては、これも初めてのことだ。

そこには、見知った先客がいた。

「よお～っ、シンちゃんじゃない。こりゃまた珍しいっちゅーの」

　バーテンにジンジャーエールを頼んだ俺の横に近寄ってきたのは、同じチームに所属するもう一人のドライバー、亜栗《あぐり》まさひこだった。

　その、如何にもといった軽い調子とは裏腹に、レースでの走りの堅実さには定評がある。もっとも彼を評する場合には必ずといって「ああ、あの女好きの……」という形容詞が頭に付いていたが。

「どうも今晩は、亜栗さん」

「何だ、何だ、その『亜栗さん』ってのは。同い年なんだから『まさひこ』でいいって。あっ、でも、オレっちのおケツの処女を奪おうって魂胆だったら、『マーくん』って感じでフレンドリーに呼んでもいいぞ」

「……『まさひこ』でいいです」

「何だ、残念」

　うーん、よく分からない人だ。

「それはそれとして、なーに、たそがれちゃってるんだよ、このー！　そういうポーズで女を引っ掛けようってのは、チョッチ古いんじゃないかぁ」

「そんなんじゃないですよ。実は……」

　オレは先程あったことを手短に話した。無論、れいこの名前は伏せておく。

「それで、シンちゃんはそのフラれた原因が分からないと」

「まあ、そういったわけです」

「もしかして、シンちゃんってシロート童貞とかいうやつ？」

「はぁ？　……ああ、オレはそういったお店とかにはあんまり……」

オレは、自分の今までの女性経験というか、それを包み隠さず話した。

「……成る程ね、よーく分かった。つまり、シンちゃんは彼女イナイ歴24年ってわけだ」

「そういうことになりますかね」

「それも普通の彼女イナイ歴とはワケが違う。女の子だったら『チョー、カッコイイ』と思うレーサーという職業と、オレっちよりは落ちるが、なかなかの男前な顔のおかげで、その都度適当に相手をしてくれる女の子に事欠かなかったってわけだ」

オレは、まさひこの鋭い分析にただうなずくしかない。

「オレっちみたいなモテモテくんだったから良かったものの、他の男が今のことを聞いたら、ブチ殺されても仕方がないところだっちゅーの」

「はあ。それで今晩オレがフラれた原因は何なんですか？」

「そうだな。今回に関して言えば、女を部屋に誘い入れたまでは良かったけど、問題はそのあとだな。まずは、さりげない会話の中で相手の悩みなんか聞いたりしてだな……」

女のクドき方について延々と語っていくまさひこに、オレは言葉を挟む。

「随分と手間がかかるものなんですね。やっぱりオレは遠慮しておきますよ。Ｆ１／２に参戦したばかりでオレも成績を残さないといけないし」

突然、まさひこがグラスをカウンターに叩《たた》きつけるような勢いで置いた。

「そんなことでプロのレーサーがつとまるかー！　船乗りが波止場に女を待たせているのと同じに、レーサーも転戦していく先々で女をゲットしていかねばいかんのだ！」

「いや、それはレーサー全てのことじゃなくて、まさひこに限ったことでは……」

大いに疑問を感じるオレだったが、次のまさひこの言葉に心を揺り動かされる。

「いいか？　女ってのは、男というマシンにとってオイルみたいなもんだ。ある時はパワーの源たる燃料であり、又ある時は潤滑油にもなるってわけで……」

レースのことに例えられると、つい納得してしまうオレだった。

「これは自分の経験に基づいてるんだからな。オレっちは女のおかげで今の地位まで上り詰めてきたんだっちゅーの」

「それで、具体的にオレはどうすればいいのかな？」

ポロッと洩らしたオレの一言を聞いて、まさひこがニヤリと笑った。

「聞きたい？　そうかぁ、聞きたいかぁ。仕方ない。では、このオレっちが直々に教えてやるか。題して『女のゲットへの道、またオレっちは如何にして女を怖れるのを止め、愛するに至ったか』だぁぁぁ！」

その大層な表題どおり、まさひこのレクチャーは幼少の頃の女遍歴から始まって長時間に亘った。それはまるで女に関して、どこかで講演会の仕事でもやっているのではと思えるほどの名調子であった。

「……というわけだ。これをマスターすれば成功率100パーセント間違いなし！　あとは実践だな」

「実践か……難しそうだな」

そう言いつつも、オレの心は「そういうのも悪くないかな」という方向に傾いていた。

「まっ、アフターケアというわけじゃないが、何かアドバイスとか女の子の情報が欲しかったら、いつでもオレっちに聞いてくれよな」

「恩に着るよ。ありがとうな、まさひこ」

「おっ、やっとオレっちに対して、です、ます調の変な敬語を使うのをやめたな」

「えっ？　あっ、そう言えば……」

戸惑うオレの背中を、まさひこが笑いながらバンバンと叩く。

「ハハハ、それでいいんだって。それでこそレースでも張り合えるもんだっちゅーの」

いいチームメイトを得たと、オレは実感した。

「ところで、まさひこ。今日会った時から気になってたんだけど、その頬《ほお》の引っ掻《か》き傷みたいなのはどうしたんだ？」

「あっ、これか。うん、まぁ、名誉の負傷というか、男の勲章というか。ここに来る前、女にフラれちまってな。ハハハ……」

「まさひこ、お前……さっき言った成功率100パーセントってのは……」

若干不安の残るオレであった。


次の日、日本国内での最後のテスト走行のため、オレはサーキットを訪れた。

テストを終えたオレの頭には、昨日のまさひこから受けたレクチャーのことがあった。

「女の子をゲットするってことは……まずは誰にするか候補でも絞ってみるかなぁ」

何事もこう段取りを決めてしまうところは、オレもやはり日本人なのかもしれない。

「あのぉ……新しいドライバーのかたですよね？」

声に振り向くと、そこにはツナギ姿の小柄な女の子が立っていた。

眼鏡の奥から覗《のぞ》く彼女の大きな瞳は、オドオドとオレの様子を伺っているように見える。

ショートカットということもあって、まるで何かの小動物のような印象も受ける。

油の付いた作業着らしきツナギを着ているところから見ると、まさか……。

「オレは確かにドライバーだけど、何か？」

「私……うちのチームのメカニックで『山葉《やまは》もとこ』といいます」

「驚いたな。キミみたいな女の子がメカニックだなんて」という言葉をノドの奥にしまい込んだ。まさひこのレクチャーにあった『出会いの第一印象には気をつけろ』に従って。

「えーと……片木野島信悟之介です。これからよろしく」

「あの……片木……？」

「あっ、呼びにくかったら、キミの好きな風に呼んでくれていいよ」

もとこに好印象を与えるため、口元からキラリと白い歯なんか見せてみる。

「いえ、あの……片木野島信悟之介さん、よろしくお願いします」

律儀にも、もとこはオレをフルネームで呼んだ。

「そ、それでは……失礼します」

トテトテトテ、と効果音が入りそうな走り方で、もとこは去っていった。

身を包んでいるツナギが、動物の着ぐるみのようにも見える。

「可愛く思うのと同時に、何かイジメてみたくもなるなぁ」

そう呟《つぶや》いてオレは、心の中の『女性ゲット候補リスト（仮名）』の一人目に、彼女、もとこの名前を書きとめるのだった。


「お疲れさまー。これ使ってー！」

声と同時に、バサッとオレの頭にタオルが投げかけられた。

スタンドを見上げると、そこには真紅のレオタードが良く似合う女の子が立っていた。

正にナイスバディといったプロポーションのせいで、視線がどうしても体のほうにいってしまうが、マスクのほうもくっきりとした二重の目が印象的ななかなかの美人だ。

「アナタ、今年から入ったドライバーでしょ？　ワタシも今年から『フロスト・フジオ』のレースクィーンをつとめる『藤田《ふじた》ケイ』でーす！」

オレの言葉を待たずに、ケイは一人まくし立てる。

「フーン……見た目はまあまあかな。あっ、そーだ。アナタの名前ってアレ、本名なの？」

「そうだけど……」

「オッカシー！　『信悟之介』なんて名前、本当にあるんだ」

ケイがケラケラと笑う。まぁ、名前のことでからかわれるのは、昔から馴れてる。

「まどろっこしいから、ワタシは『シンくん』って呼ぶね。あ、ワタシのことは『ケイ』って呼び捨てにしていいから。じゃあねー！」

言いたいことだけ言って、ケイは別の場所へと走っていく。

遠慮とか気配りとかをどこかに置き忘れてしまったようなケイの言動にも、オレは不思議と腹が立たなかった。別に彼女の色香に惑わされたわけではない。しいて言えば、これも彼女の人徳というやつか。

渡されたタオルから仄《ほの》かに漂うケイの香りを感じながら、オレは例の候補リストに彼女の名前を加えた。

タオルを本来の役目である、汗を拭《ぬぐ》うことに使いつつ歩いていたオレは、チームのトレーラーの下で何かがごそごそ動いているのを見つけた。

良く見ると、どうやらそれは女の子がトレーラーの下から抜け出そうとしているようで、お尻をふりふりと振る様子は可笑《おか》しくもあり、どこか艶《なまめ》かしくもあった。

「キミ……ここは関係者以外、立ち入り禁止になってるんだけど」

頃合いを見てオレが声をかけると、さして悪びれない調子で女の子は顔を上げた。

「あちゃあ……バレちゃったか」

まだ幼い顔立ちと制服らしき服装から、「学生かな?」とオレが考えたのも束の間……、

「あ〜〜〜! アナタは〜〜〜!」

彼女が発した叫び声で、オレの思考はかき消された。

「アタシィ、『本多《ほんだ》せな』っていいますっ! そのぉ、前からアナタの大、大、大、大、ダ〜〜〜イ、ファンなんですっ!」

「それはどうも……でも勝手に忍び込んだりしたら……」

「アナタを初めて見た時、アタシ、ビビッときたんです。この人こそアタシの運命の人なんだって!」

「だから、今はそういう話じゃなくて……」

せな、と名乗った彼女は、どうやらオレの話など耳に入っていないようだ。

プロローグ 『スターティング・グリッド』～GP開幕直前～

「というわけでぇ～。お手紙を書いたので読んでくださいっっっ！」

ファンシーなイラスト入りの、ご丁寧にハートマークで封がしてある便箋《びんせん》をオレの手に押し付けると、せなは踊るような足取り……いや実際にステップを踏みながら呆然《ぼうぜん》としたままのオレの前から離れていく。しかも、次のようなことを口ずさみながら。

「ラララ～これから～始まる～アタシとアナタの～らぶらぶ・ひすとりぃ～」

ハッとオレが我に返った時には、せなの姿はもうなかった。

仕方なく手紙を便箋から出してみると、そこには……。

『お元気ですか。アタシは元気です。どのくらい元気かというと、今この手紙を書いているベッドの上で、でんぐり返しできちゃうくらいです……』

脳みそをとろけさせるような手紙の内容に、今はそれ以上読み続けることは出来そうにもなかった。

「候補3人目……になってしまうのかな、これは」

腫《は》れ物に触るが如く、恐る恐るせなの手紙を懐に仕舞い込んだ時だった。

ふと、誰かが自分を見つめているような視線を背中に感じた。

咄嗟《とっさ》に後ろを振り向いたが……そこには誰もいなかった。

ただ視線の隅に服の裾《すそ》が、そうチャイナドレスの裾が翻ったのを見たような気がした。

「サーキットにチャイナドレス？　余りにも場違いというか、気のせいだよな」

気を取り直す一方、別の考えも浮かぶ。

「女の子をゲット……なんていう馴れないことをしているその反動で、自然と女を求めるようになって幻を見るようになったんじゃないだろうな」

そんな馬鹿馬鹿しい考えが頭に浮かんだ時、再び自分に向けられる視線を感じた。

それも先程のものよりも強く、そして殺気にも似た視線を。

「何をぼーっとしているの！」

聞き覚えのある厳しい口調。忘れようもないその声は、昨夜オレのみぞおちに痛みを、それ以上にオレのハートにショックを与えた人物のものだった。

案の定、声をした方を向くと、れいこが腰に手を当てて立っていた。

「あっ、どうも……」

「サーキット内では、いつも緊張感を保っておきなさいね！　私たちは一つのミスが直接死に結びつく世界にいるのだから」

昨夜の出来事のせいで気後れしているオレと違って、こちらを睨《にら》んでいるれいこの顔は今や完全にチームの監督のそれになっている。ビジネスという観点で見れば立派なことなのだろうが、実に可愛いくない。

「それより、亜栗くん、何処にいるのか知らない？」

「ピットじゃないですか。まさひこがどうかしましたか？」

「また女の子でもクドいてるのかしら。困ったものね、亜栗くんにも」

そう言って、れいこが髪をかきあげる。

情けないことに、そんな何気ない仕草につい見惚《みほ》れてしまう。

「片木野島くんも亜栗くんについての噂は知ってるでしょ。レースに関するアドバイスは良いけど、余計なことを吹き込まれないように」

「はぁ……」

もう、遅かったりして。

「私生活のことに口を出すつもりは無いけど、少なくともレースに影響を出さないようにね。それじゃあ」

去り際のれいこの目は何か含みがあるように若干微笑が混じっていた。

負い目があるための錯覚かもしれないが、オレにはそう感じられた。

レース一筋に生きてきたオレだ。挑発されればされるほど、舐《な》められれば舐められるほど、闘争心が湧く。

遠くなっていくれいこの背中にオレは呟いた。

「よーし、それなら、女にもレースにも暴走……いやいや、爆走してやろうじゃないか。そして待ってろよ。最後には……れいこ、お前も落としてみせる！」

Rd.1『シェイク・ダウン』～イタリアGP～

イタリアGPは、ミラノ郊外にあるモンキャ・サーキットで行われる。

この場所からオレのF1／2への挑戦が始まると思うと、感慨もひとしおだ。

「遂にここまで来たか。あの世からオヤジも見ていてくれるかな」

高まる思いを誰かと共有したいと願うのは、人の常だ。オレとて例外ではない。

メカニックのもとこが、丁度パドックから出て来た。

「やあ、もとこちゃん！」

「えっ？　あ、片木野島信悟之介さん。どうも……」

例の如く、もとこはオレのことをフルネームで呼ぶ。

「こうしてサーキットに着いてみると、高揚感というかワクワクしてくるよね」

「……そうですね」

「もとこちゃんのほうはどうかな？」

「エンジンの仕上がりはいいですよ、考えていた以上に」

「そ、そうか。それは良かった」

「だからといってアレなんですが、くれぐれも壊さないように慎重にお願いします」

「あっ、うん、善処するよ」

イカン！　これではレーサーとメカニックの間で交わされる普通の会話じゃないか！

恋愛経験値がほとんど皆無のオレだったが、必死に話題を探る。

「えーと……そういえばさ、もとこちゃんはオレのことをフルネームで呼ぶけどさ。それって何かムズムズするというか、落ち着かないというか」

「そっ、そうなんですか？　じゃあ……片木野島さん」

……やっぱり、そう来たか、もとこちゃんは。

「あのさぁ、出来たら下の名前で呼んでくれたほうが嬉しいんだけど……まぁ、そこが又、もとこちゃんのカワイイとこかな」

歯が浮き、歯茎との間に隙間風《すきまかぜ》が吹くようなオレの言葉に、もとこが頬《ほお》を染める。

「そんなこと……あの、失礼します」

もとこの様子に脈アリと手応えを感じたものの、去りゆく彼女の後ろ姿を見つめるオレの額からは一気に汗が吹き出す。

「こんなものでいいのかな。なぁ、まさひこよ」

オレは『心の師』に向けて、そう呟《つぶや》いてみた。


サーキット内を一人ぶらりと歩く。

ブレーキングの目印となる看板、もしくは木などの存在を確認するという極めて実務的な意味以上に、その行為は体をサーキットに馴染《なじ》ませるために行っている。

スピードも見える景色も体に受ける風も違うが、マシンで走るということの根本は、この『歩く』というところから始まっている、との考えがオレにはあった。

人間にとってのエキゾースト・ノートともいえる、胸の鼓動が徐々に高鳴りを増す。

早くも、ブルッと体が武者震いする。

が、後者はオレの勘違いだった。それは危険を察する悪寒だったのだから。

「こんにっちはぁ〜！　せなで〜すっ！」

鼓膜を震撼《しんかん》させる元気な声で登場したのは、自称オレの大ファンという本多せなだった。

「キ、キミは確か日本で会った……こんなイタリアにまで来てるのか？」

せながイタリア人ではないのは明らかだから、恐るべき追っかけのパワーである。

「アナタの行くところ、もう世界の果てまで飛んでっちゃいますよぉ。だって、地球は丸いんだもん！」

理解不能な理論を展開するせなに、オレはすぐに次の言葉が出なかった。

「それよりぃ、先日お渡ししたお手紙の返事はまだですかぁ？」

あの摩訶《まか》不思議な手紙に返事をしろと言うのか、このコは！

「ごめんね。オレ、筆不精なもんで返事はまだ……でも、とても嬉しかったよ」

「え〜〜〜っ？　そうかぁ。あれじゃあ、まだ愛情が足りなかったかなぁ」

ゲッ！　そういう問題ではないんだけどな。

それよりも、このまま黙っていたら、延々とあんな手紙を読まされる破目に……それはマズイ。

「あっ、手紙はもういいんじゃないかな。こうして、面と向かって会えるわけだしね」

その一言が間違いだった。

「やったー！　それって、これからはドンドン直接アタックしていって良いってことですよね。じゃあ、あんなことや……えっ、こんなことも？　きゃっ、恥ずかしいっ！」

「せなちゃん、応援は嬉しいんだけど。出来たら普通に……」

オレの言葉は、瞳をキラキラと輝かせるせなには当然届いていない。

「よーし、ガンバルぞー！」


女性をゲットしようと決めても、レースに向けての体の鍛錬を怠るわけにはいかない。

今日は筋トレのため、スポーツジムを訪れる。

周りで同じように励んでいる、欧米人たちの明らかに日本人とは生まれた時から違う肉体を見ると、余計に熱が入るというものだ。

小休止したオレの、汗を拭《ぬぐ》うタオルの隙間に突然、一枚の名刺が突き出された。

そこには、見覚えのある日本語の文字があった。

「ワタシ、日刊東京都スポーツの者で『井上《いのうえ》マユミ』といいます。以後お見知りおきを」

名刺を受け取るついでに、彼女、マユミをちらりと見る。

無造作に後ろで縛られている赤味がかった髪、その上にチョコンと乗せられたキャップ、愛想笑いを浮かべながらも、こちらを絶えず窺《うかが》っている目付き、ポロシャツにジーンズという動き易そうな服装。絵に描いたような女性記者である。

「ところで、早速なんですが、最近何か面白いことありましたか？」

「……オレ、取材を受けるって言ったかな、キミに？」

オレは記者ウケが悪いことでは有名だった。日本のスポーツ記者のあいだでは、セリエAの某サッカー選手と比べられるほどだった。

「それに『何か面白いこと』ってのは何なのかな？　オレは芸能人じゃないんだから。ありきたりだが普通は『開幕戦に向けて一言』とかだろうが」

険のあるオレの言葉にも、マユミは全然答えていないようだ。

「そうですよねぇ。でもワタシ、実はまだ半人前でして、今のところゴシップ関係の記事しかやらせてもらえないわけでして。テヘヘ……」

「とにかく取材なら一度チームを通してくれるかな。インタビューはそれからだ」

会話を切り上げ、再び器具へと向かうオレに向かって、マユミが言った。

「へぇ、噂《うわさ》通りってわけね。まっ、ワタシも諦《あきら》めが悪いほうなんで。それにアナタには個人的に興味もあるし」

意味深なその言葉にオレが振り向くと、マユミはそれを予期していたのか、にっこりと微笑《ほほえ》んだ。それは先程までの愛想笑いとは別物で、オレを少しドキリとさせる。

「といったわけで、じゃあ、又、のちほど」

意外とあっさりマユミは退散していった。オレはあらためて彼女が渡した名刺を見る。

「井上マユミか……よく見ると結構イケるかな」

頭の中の例のリストに、マユミの名前を加えた。（仮）という注意書きと一緒に。


そして、又別の日のこと。

この日のオレは、イタリア国内では珍しいヨーガの道場へ足を向ける。

目的は、レースに向けてのコンセントレーションにあった。人によってその方法は色々あるだろうが、オレはいつも座禅を組んで瞑想《めいそう》という手段を選んでいた。

チームに頼んで臨時に借りてもらったヨーガの道場に入ると、今日は貸し切りという話だったのに、そこには何故か先客がいるらしかった。

先客は、こちらから何か話しかける隙もないほど、見事に座禅を組んでいた。

そして、驚くべきは先客が白人の女性だということだ。

まず目を惹《ひ》かれたのは、その金色の髪だ。手入れが良いのだろうが、これほど煌《きらめ》きを見せる金髪をオレは見たことがなかった。

その髪が揺れる先には、特に女性の容姿とかに興味のないオレをも認めざるを得ない、完璧な美というものが存在していた。今は瞑想のため、目を閉じて無表情ではあったが、それすらも神秘的に感じてしまう。

身に纏《まと》うトレーナーも、その素朴さゆえに彼女の美しさをより際立たせていた。

……なんてことを考えていては、オレが落ち着いて座禅に専念できるわけはない。

ほかにも気になることがあった。彼女をどこかで見たような気がする……といった漠然とした思いに捉われる。

「フフフ……どうやら集中出来ていないみたいね」

ふいに彼女がこちらに話しかけてきた。続いて、ゆっくりと目を開けた。

それでオレはやっと思い出した……というより気付いた。

「ジュ、ジューン・エルドラド？」

オレの口から出て来たのは、ハリウッドの人気女優の名前だった。

「ウフフ、正解よ。でも、もう少し声を控え目にしてくれていたら、大正解だったけど」

思わぬ遭遇にすっかりパニック状態のオレに、ジューンは顔を近付けてくる。

「私ね、モータースポーツには目がないの」

ジューンは、オレの顔を抑えるように耳元から頬にかけてそっと手を添える。そのまま、オレの目を凝視して微動だにしない。

「そして、イキの良いドライバーには、もっとね」

「……でも、どうして、ここに？」

やっとのことで、オレは疑問の一つを口にすることが出来た。

「どうして？　フフッ、ジューン・エルドラドには不可能はないのよ」

そう言うと、ジューンはすっくと立ち上がった。

「貴方、良い目をしているわね。気に入ったわ」

そして、ジューンは去っていった。大女優には足の痺《しび》れなどは無いように、軽やかに。

まるで白昼夢のようなこの出逢《であ》いからオレが自分を取り戻したのは、それからしばらくたってからだった。同時に、自分の耳に一枚の紙片が挟まれているのに気付いた。

紙片には、ジューンのであろう連絡先がキスマークを添えて記してあった。

「これは……彼女とは偶然に出会ったというわけじゃあないってことだろうな、たぶん」

オレは、大女優であるジューンに敬意を込めて、彼女を例のリストの筆頭に加えた。

女性との出逢いが続くなか、イタリアGP予選の日は刻々と迫ってくる。

この日もそれに向けての調整のため、オレはサーキットに赴く。

「よぉー、シンちゃん、やってるかー！」

お気楽度でいったら全ドライバー中で1、2を争う評価のまさひこがやって来て、オレを強引にモーターホームに引きずり込む。

「どうだね、今の進行状況は？」

「コースを読むのがどうも巧くいかなくて、コーナーのアプローチを変えようかと……」

「バカッ！　オレっちが言ってるのは、女のことだっちゅーの。聞いた情報によると、オマエ、全然調子が悪いみたいだな。もっと積極的にアプローチをだな」

オレは、まさひこの助言を適当にあしらってモーターホームを出ていく。

確かにまさひこの言う通り、あれから女性に関しては一向に進展していなかったが、今はそれどころではなかった。

走行タイムが縮まらない……そのことで、頭が一杯だった。

F1/2初戦というプレッシャーか……マシンとの相性が悪いのか……それとも、これがオレの限界なのか。

初心に帰ってレコード・ラインを見極めようと、今もこうしてピットから他のマシンの走りを眺めていても、ただ焦りが募ってくるだけだった。

「どうでしたか、エンジンの調子は？」

いつの間に現れたのか、オレの横にはもとこが立っていた。

苛立《いらだ》つ感情は、オレに返事をさせない。

それでも、もとこはオレのそばから離れない。いつもなら必要最低限の言葉だけ話すと、すぐにピットに戻ってしまうというのに。

「…………」

無言の圧力がオレに圧《の》し掛かってくる。もとこはオレに何を求めているのか。先程の問いに対する答えか。「まああだよ」とか適当な言葉を返せば、彼女は納得するのか。いや、いっそ怒声でも浴びせれば、彼女は退散するのだろうか。

「…………」

意固地になって、オレももとこと同じように言葉を封印する。

サーキットを吹き抜ける風がオレの頬を撫《な》ぜ……そして、続いてもとこの短い髪をなびかせる。

「……あっ、危ないっ！」

それは突然のことだった。声を上げたかと思ったら、もとこはオレに突進してきた。

ズササーッ……！

不意を衝かれたオレは、ブザマに地面を転がる破目になる。

我に返ったオレは、靴の爪先《つまさき》に何か固い、そうタイヤが当たっているのを感じた。そして、オレの上には柔らかい感触が……。

もとこがオレを上になって抱きしめている。「はぁー」とため息をついた彼女の息が耳元をくすぐる。同時に彼女の肌の温もりと柔らかさを認識し、オレは赤面する。

もとこも、今のオレたちの体勢に気付いたのだろう。一瞬にして、頬をトマトのように染め、慌てる。

「あ、あの……危なかったんです。急に視界にマシンが入ってきて、それで……」

マシンは、オレが先程まで立っていた辺りで止まっていた。どうやら余計なことを考えていたせいで、オレは隣りのピットのマシンがブレーキトラブルか何かで止まれなかったのに気付いていなかったようだ。

「す、すいません。突然だったんでこうするしか……」

「いや……あ、ありがとう」

オレの口からは素直にその一言が出た。

「いえ、そんな……それで体のほうは？」

「大丈夫だよ、もとこちゃんのおかげだ。ただ、ちょっと息苦しいかなぁ」

「えっ？　あっ、すいません」

もとこは慌ててオレの上から体を離した。正直少し名残惜しい。

「別にいいよ……その、気持ち良かったし」

「気持ち良かった？　あっ、もう信悟之介さんったら、こんな時に……」

「おっ、もとこちゃん、やっと名前のほうで呼んでくれたね」

「え……今のはその……」

やがて、オレたちはどちらからともなく笑い出した。

そのあと異変に気付いて駆けつけて来た他のスタッフから見れば、それは何とも奇妙な光景に見えただろう。

その夜、オレはホテルの自室で電話の受話器を片手に悩んでいた。

「レースにおける今のスランプから抜け出すためにも、まさひこの言うところの『潤滑油』が必要だろうな。それには……」

誰かをデートに誘うしかない！　……それがオレの結論だった。

例の候補者リストにある女性たちの顔を思い浮かべる。

その誰もがそれぞれに魅力的であったが、オレのなかには一つの鮮烈な印象があった。昼間、自分の身で直に感じた、肌の温もりと柔らかさという記憶。

意を決めて、オレは一人の女性の電話番号を押す。

呼び出し音を聞くなか、オレの鼓動は早まり、手に汗が滲《にじ》む。

恥ずかしい話だが、こうして自分からデートに誘うという経験もオレには初めてのことだった。いや、考えてみれば普通のデートという行為そのものが初体験だった。

今までのオレときたら、食事くらいはするが、大体は即ベッドインというか、それしか考えていなかったのだから。

冷静に思うと、オレってサイテーの男だったのかも。

トゥルルル……ガチャ！

「はい、山葉ですけど」

ドクン！　オレの心臓が早鐘を打ち始める。

「あのぉ、信悟之介ですけど……」

「えっ？　あの……一体どうなされたんですか？」

「あ、あのね、実は……」

頑張れ、オレ！　怯《ひる》むな、片木野島信悟之介！

「今週の日曜日って予選前の最後の日曜日だよね……その日って空いてるかなぁ？」

「はい、夕方からなら。でも、それがどうかしたんですか？」

もとこの性格からして回りくどい言い方じゃダメだ……というか、この緊張感にオレのほうがこれ以上絶えられそうもない。オレは縁石をカットする勢いでズバリといく。

「デートしないかな、オレと！」

「え……デートっていうと、あのぉ、デートのことですか？」

「そう！　そのデート！」

オレときたら、何が『そのデート』だか……。

「で、でも同じ職場の人間がそんな……そんな……」

もとこは小声でブツブツと「ソンナ、ソンナ」と繰り返している。このままではその調子で電話も切られかねない。

「もしかして、もとこちゃん緊張してる?」

「ハイ……スゴク……」

「オレもそうなんだ。こうやって女の子をデートに誘うのって初めてだから」

オレは正直に告白する。

「それって本当ですか? あの、何か嬉しいです……今度の日曜日ですよね」

「えっ? それってOKってことだよね。じゃあ、日曜日の16時にホテルの玄関で待ってるから」

「はい……それでは失礼します」

余韻も何もないまま、もとことオレとの会話は終わった。

受話器を置いた途端、オレは大きくため息をつき、がっくりと肩を落とす。

そして、つくづく思った。こんなことをたぶん何十回も繰り返してきたはずの、まさひこは偉い、と。


「遅いなぁ、どうしたんだろう」

今日は待ちに待った、もとことのデートの日だ。

約束の時間の1時間も前から待っているオレの姿を、ドアボーイがちらちらと見ている。

愛想笑いを返して、その場を取り繕うのも限界かと思っていた矢先だった。

「すいません……仕事のキリがなかなかつかなくて」

ハアハアと息を切らしながら現れたもとこは、何といつものツナギ姿だった。

ファッションとかにはからっきし無頓着なオレでも、これには驚いた。

でも、まぁ似合ってるからいいか。

「私、何かおかしいですか？　信悟之介さん、ニヤニヤしているように見えますけど」

「いや、別に。さてと、これからどうしようか。トレビの泉にでも行ってみる？」

「あの、遅れてきてこんなこと言うのは申し訳ないんですけど……私、行きたいところがあるんですが……」

少し上目づかいにもじもじと話すもとこを見て、その願いを断ることが出来る男がいるだろうか。

「よーし、今日はもとこちゃんのリクエストに答えちゃおう！」

オレは何気なくもとこの手を握る。何気なく……とはいうものの、オレとしてはかなりの勇気が必要だったのは言うまでもない。


「さあ着いたぞ……って、ここは？」

もとこの案内でやって来たのは、市内にあるデパートだった。

「もとこちゃん、これってどういう……あっ、ちょっと待って！」

もとこはオレのことなどお構いなしで、いつもの彼女らしくなくズンズンとデパート内を突き進んでいく。心なしか、目付きまで変わっている。

着いた場所は、工具売り場だ。もとこは、周りにずらりと並ぶさまざまな工具に対して、目をキラキラと輝かせている。

「あっ、アレも良いなぁ。コレも良いかも……えっ、こんなものも出てたんだ！」

一人ポツンと取り残されたオレは考える。

デートというものは、こういうもんだったのか、と。

のちに、オレのその認識が誤りであったことを知ることになる。そして又、ある意味、女性の好みに振り回されるという点では当たっていたことも。

夕食は、まさひこ師匠の御推薦である、有名な世界最古のカフェ『カフェ・フローリアン』……の見えるレストランだ。

「あの……ごめんなさい。私、工具のことになると夢中になってしまって」

もとこが身を縮ませて、デパートでのことを謝る。

「気にしなくていいよ。もとこちゃんがそれだけメカニックという仕事に一生懸命だってことだからね。命を預けるドライバーとしては、エンジンを大切に扱ってもらえるメカニックの存在は願ってもないことだし」

「あ、大切というか、その……」

もとこが何か言いにくそうな表情をする。

「その……何かな？」

「変かも知れませんけど、私、エンジンの気持ちが分かるような気がするんです」

「気持ち……というと？」

「エンジンは生き物なんです！　コンディションも日によって違いますし、タイヤの足回りやダウンフォースを変えたら、それに応じて……」

普段口数が少ないもとこが、流れるような口調でエンジンについて熱く語っていく。

「……だから、エンジンはとてもデリケートなんです。それなのに監督ときたら……」

もとこの表情に、憤りが浮かぶ。

「時間がないから調整を途中で切り上げろって、あとはドライバーの腕だからって……そんなの許せないっ！」

もとこの拳《こぶし》がテーブルを叩《たた》く。同時に、その上の食器も音を立てる。

「……す、すいません。つい興奮しちゃって」

もとこは、いつもの、あのどこかオドオドした姿に戻る。そして呟く。

「可笑《おか》しいですよね、こんな女の子って」

「そんなことない。絶対にそんなことないよっ！」

今度は、オレがテーブルを叩く番となった。

それは偽らざるオレの本音だった。メカニックという仕事に情熱を燃やすもとこの姿に、いつしかオレはレース一筋で生きてきた自分を重ね合わせていた。自分本意かもしれないが、もとこを今ほど愛しく思えたことはなかった。

「……シンゴノスケサン……アリガトウゴザイマス」

消え入りそうな声で、もとこはそう口にした。


「さあ、どうぞ」

「お邪魔……します」

このまま別れたくないと思ったオレは、食事のあとにもとこをホテルの自室に誘った。

多少恥じらいながらも、もとこは応じてくれたわけで、今、もとことオレは部屋に二人っきりといった次第だ。

「…………」

「…………」

この状況に異常に緊張しているもとこに対して、何かそれを和らげる言葉を掛けるところなのだろうが、あいにくオレも同じようなものだった。

「……一つ聞いてもいいですか。ドライバーの人って、いつもどういう感じなんですか？」

「はひっ？　それはどういう意味かな？」

虚を突かれて、つい声がひっくり返ってしまった。実に情けない。

「あのぉ、一流のメカニックになるには、ドライバーのこともいろいろ知らなければいけないって聞きまして……それにあれだけパワーのあるエンジンを扱うのって大変そうで」

「そうだね……まず首にGが掛かるから、絶えず鍛えてないとレースの時にはキツいかな」

「そうなんですか？　最近は電子制御の占める割合が大きいので、昔よりはラクだと聞いていますが」

「いくら技術が進んでも、地球の重力は変わらないからね。首に掛かる負担は最大で1トン弱くらいはいくんじゃないかな」

「大変なんですね」

もとこと会話を弾ませようとすると、どうしてもこういったムードに欠ける話題になってしまう。「それも仕方がないか」と諦めかけた時だった。

「ちょっと、いいですか？」

もとこはそう言うと、こっちの返事も待たずにいきなりオレの首をペタペタと触り出したのだった。

「はぁ、硬くて太いんですね。男の人のを触るの初めてですけど、何か凄《すご》いです」

無意識なんだろうが、もとこの言葉はオレのスケベ心の琴線に触れ、イケない想像を思い起こさせる。「首ほどじゃないけど、他にも男には硬くて太いモノがあるんだよ」と心の中で呟く。

「どうかしましたか？」

無邪気な顔で、もとこがオレの顔を覗《のぞ》き込む。当然、甘い吐息が頬へとかかる。

それが、引き金となった。

「好きだぁっ、もとこちゃん！」

ガバッ！

紳士の皮を脱ぎ捨てたオレは、もとこに抱きついた。

「あ……ちょっと……や、や、やめてくださいっ！」

「もう、我慢できないんだぁぁぁ！」

欲望に取りつかれたオレの目は、ツナギの下に隠された彼女の体のラインを……鼻は彼女の甘酸っぱい体臭を……舌は彼女のうなじに光る汗の味を……そして、指は彼女のツナギのファスナーへと……。

「イヤァァァァッ！」

不意に、レースで培ったオレの危機回避能力が働いた。

ブンッッッ！

何かが、身をかわしたオレの脳天ぎりぎりをかすめた。

それが、もとこが手にしているスパナだと分かって、オレに戦慄《せんりつ》が走った。

「もとこちゃん……そんな物、どこに？」

その問いに対する答えを、オレが知ることはなかった。

「ひ、ひどいですっ……こんなの最低です……私、失礼しますっ！」

オレを非難する声を残して、もとこは部屋を飛び出していった。

その言葉に加え、彼女の目に浮かんでいた涙がオレに深いショックを与えた。

「うおーっ！　オレってやつはぁぁぁっ！」

叫ぶとともに、オレは拳を壁に叩きつける。

後悔と自己嫌悪による、このあとのオレの暴れっぷりは、後日にホテル側から弁償を求める多額の請求書が回ってくる結果となった。


「ごめんなさいっ！　全てオレが悪かった！」

自分でも不器用だとは思ったが、次の日のピットにおいて、オレは大勢の見ている前でもとこに対して土下座をして謝った。

もとこは、何も言わずにその場から離れていった。

当然の結果だと思う。オレ自身もこれで許してもらえるとは思っていなかった。

すぐそばにいて、呆《あき》れた顔をしているまさひこが一言、感想を述べた。

「オレっちは、そんな最終奥義は教えてなかったがな」

女もダメ、それにレースもダメってわけにはいかない！

追い詰められたオレには、もう初戦というプレッシャーもクソもなかった。

そんな心理状態で、オレは予選当日を迎えた。

コースにラバーが乗ってくるかどうかも構わず、イの一番に走り始めたオレは、中位のポジションを確保するクイック・ラップを出すことに成功した。

皮肉にも結果的にスランプから脱出することは出来たわけだ。

F1／2GPの決勝を前にしたその夜、オレは眠れずにいた。

やがてブラインド・コーナーを全開でいく覚悟で、電話の受話器を握る。

「……はい、山葉です」

「……オレです」

もとこが、ハッと息を呑《の》むのが分かった。電話を切られる前にと、オレは話を続ける。

「今からオレの部屋に来てくれないか」

受話器からは声は聞こえない。ただ、もとこの微《かす》かな息遣いだけが妙に耳に響く。

「キミが来てくれたら、明日の決勝はいい走りが出来る気がするんだ」

「そ、そんなことを言うのは……卑怯《ひきょう》です」

「分かってる。分かってるんだ……でも、それでもオレは……」

長い沈黙……そして、ガチャリと電話は切られた。

オレはベッドに体をごろりと投げ出し、天井を見つめる。

土下座もした。自分の今の気持ちも伝えた。……そして、はっきりと拒絶された。

れいこの時とは違う。自分自身でケリをつけることが出来たんだ。ようやく、まともにフラれることが出来たんだ。今夜はこれですっきりと……。

まぶたが自然と閉じていき、睡魔がオレを夢の中に誘っていく。

………。

トン、トン！

ドアをノックする音が聞こえる。これは夢の中か……？　そうだとしても、ノックにはドアを開けて答えてやらなければ……。

夢と現実の狭間で、オレはドアを開ける。

ドアの向こうには、オレを現実へと目覚めさせるのに充分な存在が立っていた。

「も、もとこちゃん？」

もとこはいつものツナギ姿ではなかった。初めて見る服装、それも目の覚めるような、イエロー一色のドレスを身に纏っている。

馴れない服装のためか、もとこは少々おぼつかない足取りで部屋に入ってくる。

「私……このレースが終わったら、チームを辞めようと考えていました」

「えっ、何で？」

もとこの唐突な告白に、マヌケな反応しか出来ないオレ。

「……信悟之介さんのせいです」

「それって、もしかしたらオレがあんなことをしたから？」

「そんなことじゃありません！」

何故か怒ったように言う、もとこ。

「だって、チームにドライバーは二人いるのに、そのどちらか一人だけを特別な存在として感じてしまったら……スタッフとしては失格ですから」

鈍いオレでも、ここに来てやっと理解する。

「ですから……ですから、私……」

前の時とは違い、今度は優しくもとこを抱きしめた。

「あ……」

「大丈夫さ。スタッフがドライバーを好きになっちゃいけないなんて、レギュレーションには無い。無論オレの契約書にもスタッフを好きになってはいけないという項目も」

もとこは、震える手をオレの背中に回した。

「あの時……あなたに『好きだ』って言われた時、本当は凄くドキドキしちゃって、嬉しくて、でも……」

オレはそれ以上のもとこの言葉を、自分の唇を重ねて止めた。そして……。

せっかくのドレス姿は嬉しかったが、今はそうも言ってられない。

オレはもとこをそっとベッドに寝かすと、ゆっくりと、そして丁寧に服を脱がす。

もとこは為すがままといった感じで、ただその肌だけがほんのりと赤味を帯びていく。

一糸纏わぬ姿になったもとこの体は、オレが今まで抱いた女に比べるとまだ幼さを残しているような気がした。だが、目を閉じ、こちらの次の行動をひたすら待っているその健《けな》気《げ》な姿は、オレの股間《こかん》のギヤをシフト・アップさせる。

緊張をほぐしてやろうと、もとこの首筋に軽くキスをする。そのまま舌を使って丁寧に愛撫《あいぶ》を始める。

「あ……はぁ……いや」

小さめのもとこの乳房を手のひらで覆い、人差し指と中指の間に乳首を挟んだ。その状態で彼女の反応を見ながら、静かに円を描く。

「あの、ごめんなさい……私、胸小さくて……んっ、はぁ……」

上半身の責めをそのままに、オレは腰、秘所へと指を這《は》わせて、もとこの興奮を煽《あお》った。

「ふあ……あん、はあ……変な気分、変なんです……おかしいです、こんな……」

「おかしくはないさ。感度がいいみたいだね、もとこちゃんは」

「だって、今までこんなこと、自分でシテる時だって……あっ！」

自分の口にしたことの意味に気付き、もとこは恥ずかしそうに顔をそらす。

「自分でっていうと、こういう風にかな？」

オレは中指で、もとこの愛らしい花弁をめくり、ほのかにピンクに染まる豆粒に触れた。

「ああああ……いや、そんな……」

少しずつだが愛液が溢《あふ》れてきている。指にそれをまぶし、豆粒の包皮を剥《む》いてやる。

「ダメです、そこは……そんなことされたら、私……」

オレの行動は止まらない。剥き出しになったもとこの宝石を優しく摘み上げる。

「はうぅぅぅっ！」

もとこの体が反り返り、ぶるっと震える。どうやら軽く達したようだ。

「そう、我慢することはないんだ。素直にただ感じるままに」

「ハァ、ハァ……でも、私……」

快楽の波に溺れかけながらも、もとこはまだ羞恥心《しゅうちしん》という最後の砦にしがみついている。

が、体は正直だ。もとこの股間の花弁はつぼみが花開くように柔らかくしっとりとして、
ヒクヒクと反応し始め、何かを求めている。

「いくよ……」

オレは、屹立《きつりつ》した股間のモノを試験管を扱うかのようにそっと、彼女の秘所に挿入した。

「んんんっ……ん……んんっ！」

もとこはシーツの端を千切れるくらいに握り締める。華奢《きゃしゃ》な体ゆえに、彼女のナカも狭い。それでも、オレのモノは徐々にだが確実にその先の頂点まで案内されていく。

「こんなの……こんなのって、んんん……」

もとこは全てを呑みこんだ。それを確認すると、オレはゆっくりと腰を動かす。

「ひゃう！　んんっ！　はぁん！　んくっ！」

腰の動きに合わせて、もとこの口から絶え間無く嗚咽《おえつ》が洩れる。

「どうだい、メカニックのもとこちゃん……オレのピストンの具合は？」

「はぁぁぁん！　き、気持ち……気持ち良いですっ！」

全ての枷《かせ》が外れ、もとこはとうとう本音を吐いた。それにつれて、多少ぎこちなくはあったけれど、オレに合わせて腰を振り始める。

「あああっ！　いいっ！　気持ち良い！　凄く良いんですっ！」

ただでさえ狭いもとこのナカが更に収縮し、オレの限界を早める。

「もとこちゃん、オレ、もう……」

「わ、私も、もう……はぁぁぁんっ！　……信悟之介さん、好き……好きなんです、大好きなんですっっっ！」

どぷどぷどぷ……。

もとこがぎゅっとオレに抱きつくなか、その子宮めがけて白濁した液が放出された。


そして夜が明け、イタリアGP決勝。

「……さあ、今年のF1／2もいよいよここイタリアのモンキャで始まるわけですが。解説の今昔さん、この初戦の見所というと？」

「そうですねぇ。ここモンキャはエンジンパワーがものをいう高速サーキットだけに、マシン重量がラップ・タイムに大きく影響を与えるわけで」

「ストップ＆ゴー・サーキットは、ハード・ブレーキングと度々の加速を強いられるせいでドライバーには不評ですよね」

「注目は、これが初戦となる片木野島信悟之介ですね。予選では8位をキープしましたから、なかなか楽しみですね」

……といった中継が行われているのだろうと思うと、オレは不思議な気分になる。

去年のF1／2開幕は、その中継をTVで見ていたのだから。

スタンドに何気なく目を移すと、熱狂的なフェラール・ファンである『ティフォシ』が、早くも歓声を上げている。

「まったく、『ティフォシ』イコール『チフス』とはよく言ったもんだな」

まさひこが少々呆れ顔で話しかけてきた。

「おっ、あいつらのお目当てがやってきたぞ」

まさひこが示した先には、冷静沈着かつ機械のように正確な走りでは他に類を見ない、F1/2の王者と呼ばれているフェラールのミハエヌ・シューマッチの姿があった。

一応新人のオレとしては、先日のフリー走行で彼に挨拶《あいさつ》しに行ったのだが、極東の島国のドライバーなど相手にならないと思っているのだろう。会話はただの社交辞令で終わった。

シューマッチの態度は当然だろう。レースは結果が全てなのだ。

「まっ、オレっちとしては、あんな多勢のチフス患者たちよりも、一人のカワイコちゃんのファンのほうが良いけどな。シンちゃんだって、そーだろ?」

フザけた口調だったが、周りの雰囲気に呑まれるなと、まさひこなりに気を使ってくれているのだろう。自分で感じている以上に、オレは緊張して見えるということか。

「スタート前にもう一度、彼女に、もとこに会いたい」

そう思い立ったオレの前に立ちはだかったのは、ウソかマコトかどんな季節でもハワイアンスタイルを崩さないと言われる男、『ハワイちゃん』の通称で有名なピットリポーターのハワイアン和人《かずと》であった。

「えー、早速ですが、今日の調子はどうでしょうか」

「ちょっと、今は……」

「デビュー早々、予選8位というわけで、入賞も狙《ねら》えるんじゃないんですか」

「いや、だから……」

「えっ？　表彰台も夢ではないと？」

「インタビューなら、あとで……」

「おおっと、優勝宣言ですか？　やりますすねぇ。では、日本のファンの方々に一言！」

「……頑張ります」

反射的に、そう答えてしまう自分が悲しい。

「以上です。二宅さん、どうぞ」

結局、もとことの時間は作れなかった。

マシンに乗り込む時に交わした彼女の瞳が「頑張ってください」と励ましてくれていたのが、唯一の救いだった。

全てのマシンがグリッド上に静止した。

あと、10秒……。

ステアリングを握る手に、エキゾースト・ノートが伝わる。

5個の赤色灯が消えた瞬間、オレのF1/2への挑戦は始まった!

最初のコーナーでの横Gが、肋骨《ろっこつ》を絞め付ける。その感覚さえも今は心地良い。

そうだ、これこそがオレの人生なのだ。

現在、天候は曇り、路面はセミ・ウェット。

監督のれいこの言葉を思い出す。

「今日は難しいわ。私は落ち着いて様子を見るのが得策だと思うけど……判断は任せるわ」

曲率の異なる二つのカーブで構成されたコーナーの一つ目、第1レズモにさしかかった時、もとこの姿を思い出した。

ツナギ姿でオドオドと自己紹介する、もとこ……。

熱い眼差しでマシンのことを語る、もとこ……。

ドレスに身を包み、勇気を振るってオレの部屋の前に立った、もとこ……。

作戦は決まった。

慎重に出力を抑えて走る。

そのためには、無理なパッシングはしない。他のマシンとサイド・バイ・サイドになったら、大人しく譲る。早めのピットインetc……。

何よりも、もとこがセッティングしてくれたエンジンを壊さないために!

そして、その結果は……。

オレは6位で、バック・フェルメに入った。

「初戦でポイントを取れたなら上々ね。お疲れさま」

れいこのねぎらいや他のスタッフの喜ぶ声を振り切って、オレがまず駆け寄っていったのは、勿論もとこの所だった。

「もとこちゃん！　ポイント取ったよ。キミのおかげだ！」

笑顔で迎えてくれると思っていた、もとこの表情は気のせいか少し不満そうに見える。

「えーと、あの……もとこちゃん？」

「慎重なのは分かりますが、エンジンの出力はまだまだあんなものではなかったはずです。リライアビリティは万全だったし……」

「もしかして……怒ってる？」

「ピーク・パワーを出せないのでは……あれではエンジンが泣いています！」

誠に手厳しいもとこの言葉だった。それも的を射ているだけにショックだ。

ガックリうな垂れるオレの姿は、まるで教師に叱《しか》られる小学生のようだったただろう。

「……だから、今日のところは、ご褒美はこれくらいです」

「えっ？」

待ちに待っていたもとこの笑顔とともに、その唇がオレの頬に触れた。

「……レースもそうだが、それ以上に女性というものは、オレにはまだまだ難しいなぁ」

頬に感じたもとこの唇の感触を確かめるように指でなぞりながら、オレはあらためてそう考えさせられるのだった。

Rd.2『レコード・ライン』～モナコGP～

モナコの首都、モンテカルゴ。その市内の一般道を閉鎖して作られた市街地サーキットが、第2戦の開催地だ。ここを幾度も制したドライバーは『モナコ・マイスター』の称号を得られる。それほどの難コースというわけだ。

それはそれとして、オレは悩んでいた。

現地のホテルのロビーで、部屋の鍵を取りに行ったチーム関係者を待っているあいだも、オレの頭の中はある問題のことで一杯だった。

「あっ、信悟之介さん！」

オレを見つけて駆け寄ってきたのは、悩みの原因となっている、当のもとこであった。

「探していたんですよ。でも、すぐに見つかって良かった！」

あれから、もとこは前とは違って、だいぶ気軽に話しかけてくれるようになった。

それこそが今、オレを悩ませている。

オレを慕ってくれるもとこのことを思うと、このまま、まさひこの言う『レーサーの船乗り化』つまり、女の子を次々とゲットしていってもいいのだろうかと。

「どうしたんですか、何か元気が無いように見えますけど？」

「そう見える？　少し疲れてるのかもしれないなぁ」

「そうなんですか……あ、私、良く効くシップ薬、持ってますよ。ほかにひんやりシートとかもありますけど」

こんなにも真剣に心配してくれるもとこを、オレは裏切り、そして悲しませようとしている。それでいいのだろうか。ここは、もとこ一筋でいくべきなのではないか。

オレの良心がそんなことを囁《ささや》いてくる。

「大丈夫。一晩寝れば、すぐに治るさ」

「そうですか。でも、体には気を付けてくださいね。でないと、私……」

頬《ほお》を赤らめ、もとこがじっと見つめる。その視線は、今のオレには辛《つら》い。

「あっ、忘れるところでした。マネージャーの良子《りょうこ》さんから部屋の鍵を渡すようにって預かってました。はい、信悟之介さん」

「ありがとう。じゃあ、オレ、ちょっと休むから」

それは、この場を去るための言い訳ではない。本当に部屋で寝るつもりだった。その行為も、問題を先送りにする逃避行動だと言われればそれまでだが。

とにかく、部屋の鍵を受け取ったオレは、そそくさとロビーをあとにした。


「ただいま……って言うのは変か」

オレは、待つ者などいないホテルの自室のドアを開ける。

「……え？」

「……は？」

部屋の中には、れいこがいた。それも着替え中であったらしく、下着姿で。

それを確認できたのも、一瞬のことだった。

「きゃあぁぁぁっっ！　あなた、一体、どういうつもりなの！」

最初の悲鳴の段階で、オレは回れ右をする。

「まっ、待ってください。オレはただ貰《もら》った鍵で……」

「言い訳なんて見苦しいわよ！」

「いや、だから、マネージャーの良子さんから、メカニックのもとこちゃんにオレの部屋の鍵を……って、何かややこしいな。とにかく、このホテルは全てオートロックですから、鍵が無かったら、オレもここには……」

「……じゃあ、良ちゃんが間違えて、この部屋の鍵をあなたに……？」

「そういうことです！　さすが、れいこさん、頭の回転が速い！」

「理由は分かったけど……あなた、どうして部屋のドアを閉めようとしているのかしら？」

「へっ？」

無意識にオレは、ドアのノブに手を伸ばしていたようだ。

「こ、これは習慣というか、その……れいこさんの下着姿を誰かに見られないようにと」

「それよりも、あなたが出ていくほうが先でしょ。さあ、早く！」

「失礼しまーすっ！」

閉じられたれいこの部屋のドアの前で、オレは先程見た一瞬の光景を思い起こす。

デザインは大人の女らしい物だったが、意外にも上下とも純白だった、れいこの下着。

問題は、むしろその下の隠された部分にあった。

透き通るほどに白い肌、そして、適度に丸みを帯び、かといって型崩れしていない絶妙なバランスを保つ肢体。そのボディを一度はこの手に抱きしめたことがあると思うと、心底あの夜のことが悔やまれてならない。

そうなると、もとことのことで痛んでいた良心もどこへやら。

もとこはもとこで精一杯、愛してやればいいだけのことだ。れいこというゴールを目指して、走り続けてやるぜ、オレは！

ホテルの廊下の真ん中で仁王立ちしながら、オレはそう決意する。


そうと決まれば、レーサーであるだけに、オレの行動は速い。

まずは、まさひこから受けたレクチャーの一つ『女にはプレゼントだ！』を実行するべく、街に買い物に出かける。

ヌイグルミ、腕時計、香水、ワイン、バッグ……と、まさひこ師匠セレクトによる、女性が喜びそうなプレゼントを求めて、街中の店を渡り歩く。

レース以外特に趣味の無いこともあって、金の使い道に事欠くオレは、ここぞとばかりに買いまくった。

指輪やドレスを買う時も、そのサイズという概念に欠けるオレである。

「適当に幾つか見繕ってくれ」

といった、大盤振る舞いというか、はっきり言うとムチャクチャな有様だった。

更に、オレの怒濤《どとう》の買い物は続く。

「うむ、『自動車』はこれがいいな。良く走りそうだ」

「うむ、『マンション』か。ここモナコにある4LDKなら、一生モノの物件だな」

次に『小型飛行機』までエスカレートした時点で、やっとオレは冷静になった。

さすがに、これはプレゼントされたほうが困るな、と。

とりあえず、買った物は一部を除いてホテルに送ってもらおうと手配を済ませ、オレは帰路へと着く。

そんなオレの前に、予期せぬ嵐が舞い降りた。

「きゃ～、こんな所で会えるなんて～！　これも運命ってヤツですよねぇ」

それは、オレの周りをピョンピョンと飛び跳ねる謎の物体、せなだった。

「キ、キミは、本多せな！　こんなモナコにまで……！」

「当たり前ですよぉ。もうアタシとアナタは切っても切れない、スロットル・リンケージみたいなモンなんですからぁ」

確かにそれが切れたら、アクセル操作不能で即リタイヤだ……って、違ーう！

「せなちゃんは……今は買い物か何かの途中かな？　だったら、オレは……」

「スゴーイ！　当たりですぅ。やっぱり、アタシたちって通じ合ってるんですねぇ。きっと前世は夫婦だったんですよぉ。きっと、そうですっ！　ということは……」

「いやいや、前世はどうでもいいとして……買い物は何だったのかな？」

「えーとぉ……サーキットって寒くなることもあるでしょ。だから、上着が欲しいなあって……あーっ、これなんて、プリティでいいなぁ」

せなは、ウィンドゥに飾られたハーフコートに目を奪われているようだ。しかし、その金額たるや、とてもこの年齢の女の子が簡単に手を出せるシロモノではない。

「どうしよっかなぁ。そろそろお小遣い、ピンチだしぃ」

どんな、お小遣いなんだ？　いや、こうして各国を渡り歩いて、オレの追っかけをしているくらいだ。家がよっぽどのお金持ちなんだろう。一体、せなの正体は……？

「あの……せなちゃん、キミは一体……」

「うーん、やっぱり買っちゃおう！」

せなは、店の中へと走っていってしまった。

「まあ、いいか。それより今の隙《すき》に……」

オレは、再びホテルへと足を急がせた。

「……それで、れいこさんの誕生日は9月19日と。助かるよ、まさひこ」

ホテルに戻ったオレは、電話でまさひこから情報を聞いていた。

「シンちゃんよ、お節介かもしれないけど、監督はムリ目っぽいぜ。ああいうタイプは、オレっちの経験によると……」

「まあ、それはそうだろうけど、一応な」

「それにだ、あのジューン・エルドラドの誕生日を聞くってのは、どういうことだ？」

「えっ……ああ、実はオレ、彼女のファンなんだ。それで……」

「かーっ、そんなガキみたいなことを！　シンちゃんもまだまだだな。不肖の弟子よ、健闘を祈ってるっちゅーの。じゃあな」

まさひこのおかげで、もとこ、ケイ、ジューン、れいこの誕生日が判明した。

一番近いのは、6月20日のジューンだな。さて、どうするか。

トゥルルル……。

今、切ったばかりの電話が鳴る。

「はい、片木野島ですが」

「コラーッ！　いつまで長電話してるのよー、マッタク！」

電話を掛けてきたのは、藤田ケイだった。

「ケイ？　ど、どうして、キミが……？」

「どうしてもこうしても無いって……ところで、シンくん、今度の日曜日の16時、ホテルの玄関に来てよね！」

「……それって、どういうことなのかな？」

「どういうこと、ですって？　何よ、このワタシからのデートの誘いを断ろうって言うの。信じらんなーい」

「デート？　……もしかして、これが世に言われる『逆ナン』ってやつ？」

「バカね、違うわよ！　とにかく日曜日、絶対来てよね！　……ちょっと、聞いてる？」

余りにも唐突なケイからのお誘いだった。「渡りに船」とも言えるが……。

「別にいいけど、突然すぎるよなぁ……何かあったの？」

「だって、つい友達に『ワタシはもう、あの片木野島信悟之介とデートする仲なんだから』、そう言っちゃったから……しまった！　今の何でもないからね、こっちの話」

しっかり『こっちの話』とやらは聞こえている。つまりは自慢話の種にされたわけだ。

「じゃあね、ちゃんと約束したからね！　それじゃあ、バイバーイ」

一方的に電話は切られた。

もとこをデートに誘った時の、あのプレッシャーを再び味わわずに済むと思えばラッキーなのだろうが、同時に悪い予感も覚える。

まさひこのレクチャーにあった『女に主導権を握らせるな』を思い出した。

「あれっ、もう来てたんだ。ゴメンナサーイ！」

自分から言い出したデートの待ち合わせ時間を、ケイは当然の如く遅刻してくる。オマケに、謝る言葉には誠意のカケラも無いときた。

内心ムッとするオレだったが、黒のイブニングドレスで身を固めたケイの艶姿《あですがた》には、全てを許してしまいそうになる。さすがにいつも人に見られるレースクィーンという商売なだけあって、彼女のドレス姿はサマになっている。

のちに、その自分の甘さを後悔することになるのも知らずに。

「さぁて、まずはモナコ名物、グランカジノでパーッとリッチな気分に浸りに行くわよ」

「ちょっ、ちょっと待ってくれよ。まだ、オレはそこに行くとは……」

オレの意見などハナから無視して、ケイはもう歩き出していた。

そのマイペースさは、グランカジノに到着しても同様だった。

「よーし、今日こそはマカオでの借りは返してもらうからね！」

「あのさぁ、ケイ……」

「うひゃー、外れたー！　今度こそっ！」

「今日は、オレたちにとって初めてのデートなわけで……」

「くやしーっ！　また、ドボンじゃない。どうなってるのよ、もう！」

「だから、二人の思い出を作る、というか……」

「まだまだぁ、次こそは勝つぞー！」

ルーレット、ブラックジャック、バカラ、スロットマシーンと大負けするたびに場を変えるケイは、ギャンブルにおける典型的な負け組のパターンといえよう。

この様子では、最後には自分の体すら賭《か》けかねない。オレは、高級レストランで食事、というエサでケイを釣って、何とかカジノから連れ出した。


まさひこ師匠が五つ星をつけた、超高級ホテル『エルミタージュ』にある、レストラン。

「うん。このレベルなら友達に自慢できる」

ケイのその笑顔を見たら、奮発した甲斐《かい》があったなと満足する……なんていうほどに、オレもお人好しではない。

「……はぁ、そういうもんですか」

「そーよ。それがワタシにとってのステータスなんだから」

「オレはどうでもいいってわけだ」

「そんなことないって。ちゃんとお勘定は払ってもらわなきゃあいけないし」

オレは、ますます落ち込む。

「あ、ワイン、頼んでもいい？」

「悪いけど、GP期間中はオレ、酒は飲めないんだ」

「あっ、そう。じゃあ、グラスは1個でいいわね」

くそっ、こいつには、思いやりって気持ちが……今更そんなことを望んでも無駄か。

怒りを抑え、なるべく平静を装いつつ、オレは言う。

「ところで、ケイ……食事が済んだらオレの部屋に来ないか？」

「ホント？　行っていいなら行くー！」

無邪気に同意するケイに向かって、オレは心の中で呟《つぶや》く。

「これだけ引きずり回されたんだ。絶対に元は取ってやる！」


「さあ、どうぞ」

「それじゃ、遠慮なく、オジャマしまーす！」

ケイのボキャブラリーの中に『遠慮』なんて言葉があったのかと驚きつつ、オレは部屋のドアを閉める。

そして、今日のオレに迷いはなかった。

ガバアァァァッ！

オレは、いきなり後ろからケイに飛びついた。

「な、何？」

たとえ、ケイが抵抗したとしても、無理やりやってしまう気だった。幸い彼女は誰かさんのように、スパナとかも持っていないだろうし。

「フフッ、わりとセッカチなのね、シンくんって。そんなにワタシとしたいの？」

「い、いや、つい、その……」

遊び慣れしてるのか、意外なほど冷静なケイに、逆にオレのほうが躊躇《ちゅうちょ》してしまう。

負けるな、オレ！　そうだ、こういう時は何か甘い言葉でもかけて……。

「キミの魅力的なボディがいけないんだ。そいつがオレを狂わせてしまう」

プーッと、ケイが吹き出した。

「ハハハ……あんまり口は巧くないのねー」

やっぱり、馴れないことはするものではない。

「ワタシのクチはウマいわよ。フフフ……」

「えっ？　それって……」

ケイはオレの股間《こかん》のモノを後ろ手で掴《つか》み、ソフトに刺激を与え始める。

「なかなか大きいわねー、ちょっとここに座って」

ケイの手が起こす微妙なバイブレーションは、オレを素直に従わせる。

ベッドに座ったオレの下半身から、ケイは手際良くパンツを下ろした。

「わおっ！　想像以上ね、アナタのって」

オレのモノは、ケイの巧みな指使いによって、みるみる逞《たくま》しく育っていく。

深い快感がオレの煩悩を膨らませ、もう冷静な判断を下す余裕はゼロになる。

「どう？　気持ちイイでしょー？」

オレは、ただうなずくのみ。

「じゃあ、イかせてあげようかなー……はむっ！」

ケイの彩られた唇が、オレの分身を包みこむ。

すぐに生温かい舌が縦横無尽に絡みつく。口で呼吸できないために鼻から洩れるケイの息さえも、オレのモノに欲望を注ぎ込む手助けになっている。

「ぬぷっ、むぐっ……んはぁ、ピチャ、レロッ……」

「くっ！　ううっ……」

快感につい洩れてしまうオレのうめき声を聞いて、ケイは上目使いにオレを見つめる。

その目付きは、どこか得意そうでもあり、また自らも欲望に身を投げ出しかけているようにも思えた。そう、まるで呪文《じゅもん》を唱える魔女のように。

そして、オレの快楽の頂点は目前にやって来た。

「駄目だ……もう……！」

オレの吐き出した情欲の塊を、ケイは器用に舌を使って、ノドへの直撃は避けたようだ。

少しして、ごくりと飲み込んだノドの動きがそれを証明する。

「ふーっ……ゴチソウさま」

口の端に残ったオレの情欲のカケラを拭《ぬぐ》い取ったケイは、勝ち誇るように微笑《ほほえ》む。

「ワタシのは良かったでしょー？　気が向いたら、又、してあげる。じゃあねー！」

ケイが部屋を出ていったあとも、オレはベッドから立ち上がれなかった。

快楽のあとに訪れる脱力感……そして、最後までケイのペースだったという敗北感が、ずっしりと圧《の》し掛かっていたからだ。


「このままでは、イカン！」

次の日から、オレはケイに対して猛アタックを開始する。

とはいっても、恋愛初心者のオレである。オマケに、もとこに気付かれないようにする必要もある。せいぜい頻繁に会いに行き、話しかけるくらいのものだった。

それに比べて、ケイはこの手の駆け引きに関しては達人であった。

他のレースクィーンたちと一緒に写真を撮らされるわ、有名レーサーのサインを頼まれるわ、オレはケイのいいようにこき使われる。

オレの努力は実を結ぶどころか、余計な人物の介入を招く破目になる。

「……ちょいと小耳に挟んだんですけど、最近レースクィーンの一人に御執心だとか」

例の新聞記者、井上マユミがゴシップの匂《にお》いを嗅《か》ぎつけて、オレにまとわり付いてくる。

「……ノーコメント」

「おっと、そう来ましたか。それでは、えーと……『期待の新人、片木野島信悟之介は恋人の存在を否定しようとはしなかった。ただ、その時に口元に浮かべた笑みといい、初戦のレースの好調ぶりといい、私生活が充実していることは確かである……』と」

「勝手なことを書き止めるな！　誰が口元に笑みを浮かべた、誰がっ！」

「だって、しょうがないじゃない。コメントがもらえないなら推測するしかないでしょ。それがイヤだったら……ハイ、答えてっ！」

ここでも、マユミのほうが一枚上手のようだ。

「くっ、分かったよ。じゃあ……今、オレには恋人とかはいない！　これでいいんだろ」

「えーと……『今は特定の恋人はいない、と彼は断言した。ということは、毎夜毎夜、不特定の女性たちを相手にしているというウワサも満更ウソではないようだ……』と」

「だーかーら、曲解するなっ！」

これは早く追い払ったほうがいいな。どうすれば……そうだ！

オレは、自分の荷物から、先日買い込んだプレゼントの中で一番かさばって処理に困っていた、ヌイグルミを取り出した。

「唐突だけど……これ、良かったら」

と、マユミにプレゼントする。

「あーっ、これ、クマの『ぶふぅー』じゃない。いいの？」

「うん、まあ、挨拶《あいさつ》がわりってことで」

ちなみに、それはケイにあげようと持ってきていたのだったが、「あのね、ワタシ、幾つだと思ってるのよー！」と、あっさり突き返された物だった。

「サンキュー！　あっ、もしかして、もうすぐワタシの誕生日だって知ってたな？」

「えっ？　……いや、まあ、その……何となくね」

偶然とはいえ、ラッキーだった。それに意外にもヌイグルミはマユミの好みに合っていたらしい。これでようやく彼女の追及から逃れることが出来るか。

「えーと……『彼はモノで本誌記者の買収を試みた。やはり何か後ろ暗いことがあるらしい……』と」

どうやら、そう巧くはいかなかった。


結局、あれからケイとは何も進展しないまま、予選の日がやって来た。

そのことを原因にしたくはないが、オレは……。

CRUSHHHH！

スピンしたマシンが、第一コーナーのガードレールに突っ込む！

タイム・アタック前のコース・アウトだった。

その事実が、まだシートに座ったままでいるオレに重く圧し掛かる。

罵声《ばせい》の混じった観客の声を背にマシンを降りたオレは、コースサイドに向かいながら、グローブを……そして、ヘルメットを地面に叩《たた》きつけた。

2速に入れるところを1速に落としてしまって、リヤホイールがロックアップ、マシンはたまらずスピン……完全にオレのミスだった。

傍らでは、止まってしまったエンジンがオレを責めるように、白い煙を上げていた。


病院で検査を受けたあと、すぐその足でオレは予選の終わったサーキットに戻ってきた。

今頃はTカーのセッティングに追われているであろうピットには、今はとてもじゃないが顔を出せない。

オレは、何をするわけでもなくただコースを見つめる。

自分が情けなかった。

女に心を奪われていたことではない。それをミスの理由にしてしまいそうになる、自分の気持ちが情けなかった。

ふいにオレの前にケイが現れた。

激励か、慰めか、それとも嘲《あざけ》りか。今はそのどれも欲しくはなかった。

だが、ケイはそのどれでもない……何か悲しそうな目だった。

「行かないで……」

「えっ？……」

「明日はレースに行っちゃダメー！」

ケイがオレに抱きついてきた。

「グスッ……ヤダ、死んじゃヤダよー！　うえーん！」

幼子に戻ったように、ケイはオレの胸の中でただ泣きじゃくるだけだった。

まだレースクィーンの衣装のままである、ケイの胸の膨らみがオレに押し付けられる。

今はその感触よりも、彼女のただならぬ様子のほうが気になる。

しばらくして、やっと泣き止んだケイにオレは問いかける。

「どうしたんだ？　ケイらしくないぞ」

「ヒック……レースを見るのが怖いの……もう、あんな事故、あんなの見たくないよー」

「昼間の、オレの事故のことか？」

「違うの……ううん、そうなんだけど、でも違うの」

再び泣き出しそうなケイの頬に、オレは手を添える。そして、くちづけを……。

「………！」

そうすることが、今はとても自然なことのようにオレには思えた。

オレとケイが辿り着いた場所は、ベッドの上だった。

全てを脱ぎ捨て、肌をさらしたオレたちは互いの股間を愛撫《あいぶ》する。

「ん……むぐっ、んんっ……ぴちゃ、ぴちゃ……」

ケイの舌使いの絶妙さは前と同じだったが、その狂おしいほどの吸いつきは、流した涙を取り戻そうとしているかのように激しい。

そして、オレの目の前にあるケイの秘所も愛撫の必要が無いくらいに、粘り気のある涙を流している。オレはワザと焦《じ》らすように肝心な部分を避けて、愛液でぺったりと恥毛が張り付いている辺りに指を這《は》わせる。

「ああっ……違うの、もうちょっと……」

「もうちょっと、何？」

「もうちょっと上の……それにナカも……」

ケイはなかなかポイントに行かないオレの指がもどかしいようで、腰を左右に振る。

そのサマは、実に可愛らしく、そして淫靡《いんび》であった。

「お願い……指をナカに入れて……クリちゃんもイジってぇー！」

ケイのリクエストに応じて、オレは一気に指を2本、膣内《ちつない》に入れてやり、こねくり回した。そして、淫乱に膨れ上がった彼女の豆粒も舌で転がしてやる。

「んんんっ！　いいっ、いいよぉ！　もっと、もっとぉぉぉっ！」

お返しとばかりに、ケイは又、オレの股間のモノにむしゃぶりつく。

危うくこのままイッてしまいそうになるのを必死でこらえ、オレは股間のムスコ自身にケイの秘密の洞窟《どうくつ》を冒険させる道を選ぶ。ケイの尻を高々と持ち上げたオレは、冒険に似合うように多少の荒々しさを伴って、彼女の膣内に侵入する。

「うはぁぁぁんっ！」

ケイは一つになった瞬間、獣の咆哮《ほうこう》を上げた。

間髪入れずに、オレも腰を稼動させる。

「パン、パン！」というピストン運動に、「ぐちゅ、ぐちゅっ！」という淫《みだ》らな音が答える。

「どうだ、ケイ、聞こえるか？　オマエのアソコの嬉しい悲鳴が！」

「んはぁぁっ！　聞こえてるよぉ……すごいっ、こんなのって……はううっ！」

手を回して、ぎゅーっとケイの乳房を握り締める。

「痛いっ！　……でも、ヘンなの。それがイイ……それが気持ちイイのーっ！」

ケイの快感の度合いを物語るように、膣内の締め付けが一段と激しくなる。

「もうダメ、イッちゃいそう……お願い、その時はアナタの顔を見ながら……」

オレの絶頂も近い。それを食い止めるためにもと、体を下にしてケイを上に跨《また》がらせる。

「あはぁぁん……ねぇ、動いていい？　ワタシも動いていい？」

そう聞きながら、もうケイの腰は自らの豆粒を軸にして、弧を描いていた。

オレもケイのダンサブルに揺れる胸と、天を貫く喘《あえ》ぎ声に酔いしれる。

「やぁん！　イッちゃう、イッちゃうのぉ！　ねぇ、一緒に……お願い、アナタと一緒にイきたいのぉ……はぁぁぁぁ……！」

ケイは絶頂の瞬間、倒れ込み、オレの唇に熱いくちづけをする。

彼女の甘い唾液《だえき》がオレのと混ざり合い、オレも彼女のナカで果てた……。


激しい交わりののち、お互いに落ち着くまでには、少し時間がかかった。

そして、ケイはオレの腕枕の中、語り始める。

彼女の、走り屋だった恋人が峠のバトルの際に事故で亡くなった過去を。

「そんなことがあったのに、何でこの世界に……レースクィーンに？」

「過去に負けたくなかったから」

「つまり、その……忘れるためにわざわざ……？」

「そう。クルマを見るたびに、そのことを思い出しちゃう自分がすごくイヤだった。だから、自分からこの仕事に……いつかはレースにも出てやるって、国内のB級ライセンスまで取ったのよ。でも……」

ケイは、大きくため息をついた。

「やっぱりダメね。今日みたいな事故を見ちゃうと、やっぱり……それも自分の好きな人が……あっ！」

「それって、オレのこと？」

「そうよ！　こう見えてもワタシ、誰とでも寝る女じゃないんだからねっ！」

そう言って少し笑ったケイだったが、その横顔はやはり少し元気がない。

思わず、オレは口にする。

「ケイ……心配するな。オレは死なない」

「えっ？　でも……」

「オレを信用しろ。その証拠に明日の決勝は必ず表彰台に立ってみせる！　ケイ、オマエのために！」

「……うん、分かった。信じてるよ」

目に浮かんだ涙を見られたくないのか、ケイはオレの髪に顔をすりつけて、そう呟いた。


モナコGP決勝当日。

スタートぎりぎりまで、オレは一人ミーティングルームに籠《こも》っていた。

ここモナコは市街地コースである。コース幅も狭いし、微妙なアンジュレーション、起伏も多い。その上、最後尾からのスタートとあっては、オレが3位に入るのは至難のワザと言っていい。

燃費とマシン重量によるラップタイムの変化、タイヤのタレ、唯一レギュレーションに満たないこのサーキットのレース距離……。

オレは、何度も何度もイメージトレーニングを繰り返してみた。

「やはり、この作戦しかないいな」

壁に向かって、オレはポツリと呟いた。


「……今日は、ノン・ストップでいきます」

マシンに乗り込んだオレは、無線で監督のれいこに伝えた。

「ちょっと、急に何、言ってるの、あなたは……！」

れいこの怒鳴る声に対して、「ピット・クルーに今日はお疲れさま、と伝えておいてくれ」と告げて、オレは前方にズラリと並ぶマシンに目を移す。

「これをパスしていくのは、なかなか厄介《やっかい》だな」

一人ごちるオレの目に、赤色灯の消えるのが映った。

タイヤスモークが上がるなか、オレの危険な賭けが始まった。

「よしっ、又、一つ……」

全78周のレースも半ば40周過ぎ、先行車がピットインしたことで、一つ順位を上げた。

『COOL（頭を冷やせ）』というサインが見事に四つ並んでいた、オレへのサインボードもさすがにもう諦《あきら》めたのか、今は出ていない。

名物である、ロウズ・ヘアピンもタイヤに負担をかけないブレーキングでやり過ごす。

「たっぷりのガソリンで重かったマシンもそろそろ……」

頭の中で残りの周回数と燃料残量を計算すると、無駄なライン取りも出来ない。

胃が痛み、嗚咽感《おえつかん》がオレを襲う。危うくドリンクボトルに逆に吐き出すところだった。

しかし、別に死ぬわけではない。どうということはないのだ。

自分勝手で見栄っ張りで手のかかる女だけど……ケイの涙はもう見たくない。そのためにも、オレは諦めるわけにはいかないんだ！

黄旗がなびくのが、視界に入った。リタイヤした他のマシンを確認し、呟く。

「又、一つ……」

そして、レースの結果は……。

コートダジュールの光と風を浴び、オレは表彰台の上に立っていた。正確には、半分膝《ひざ》をつきながら。

レース終了直前、ミラボーと呼ばれる、下りストレート直後の右コーナーで先行車をパスすることによって、何とか3位に滑り込むことが出来たのだった。

その代償というか、ノン・ストップ作戦は著しくオレから体力も精神力も奪った。

オレの意識は少しずつ薄れる。

レースのウィナーであるシューマッチのインタビューに答える声が、微《かす》かに聞こえた。

「今日は僕もマシンも充分に、コンペティティブだった。それが勝利の最大の要因だろう。

しかし……そう、レース自体にもっとコンペティティブなヤツが今日はいたな」

『コンペティティブ』とは『競争的な』って意味だったな。

そんなことを考えながら、オレは気を失った……。


目を覚ますと、横にケイの顔があった。

「気が付いた？　良かったぁ。もう大丈夫？」

「ああ。でも、みっともないところを見せちゃったな」

「ううん。表彰台の上のアナタ、すごくカッコ良かったよ……それに、ありがとう」

ケイは、珍しく素直に感謝の言葉を口にする。

思わず抱きしめてやりたい衝動に駆られたが、残念ながらまだ体のほうが言うことを聞かない。

「それとぉ……次はトーゼン、チャンピオンだよね、シンくん！」

「え……」

やれやれ……そういうところは、ケイはやっぱりケイであった。

Rd.3『シフト・アップ』～フランスGP～

第3戦の開催地となるのは、フランスのサーキット・デ・マネクールだ。

「お疲れさまでーす！」

さすがにもうオレも驚かなかったが、せなはここにも足を運ばせていた。

この小柄な体のどこにそんなエネルギーがあるのか。いつも通り、せなは元気で明るい。

初めは正直、少し辟易《へきえき》していたのが、今ではせなの笑顔を見ていると前回のモナコＧＰでの疲れが癒《いや》されるような気がするから不思議だ。

「あの～、今度、ファンクラブを作ろうと思ってるんですっ！」

「それって、オレの？」

「あったりまえじゃないですか～。それでぇ、シーズンが終わってからでいいんですけど、会報に載せる独占インタビューをお願いしたいんですけどぉ」

「独占はともかく、インタビューくらいなら協力するよ。ところで、ファンクラブの名前とかは決まってるの？」

せなが、エヘッといった笑みを見せる。

「よくぞ聞いてくれましたぁ。『激走！らぶらぶ・ワンツー・フィニッシャーズ』でーす！」

「はぁ？　『激走』は分かるけど、その後ろの『らぶらぶ何とか』っていうのは、どういう意味なのかな？」

「それはぁ、ファンクラブの最終目標でしてぇ、つまりぃ……アタシとアナタが結婚というゴールにワンツー・フィニッシュするという意味なんでーす。きゃっ、恥ずかしいっ！」

「もしかして、そのファンクラブの会員って……」

「もっちろん、アタシ一人の限定でーす！」

うーん、やっぱり、このコにはついていけない。

「じゃあ、詳しいことは又、今度とゆーことで。失礼しまーす！」

おいおい、詳しいことって、結婚式の日取りとか、そういうことじゃないだろうな。

慌てて後を追おうとしたオレを、デジャ・ビュの感覚が襲った。

これは……そうだ。日本でのテストの時に感じた、オレを見つめる誰かの視線だ！

即座に後ろを振り返ったオレだったが、やはりそこには該当する人物はいない。否、動体視力に優れたオレの目はある物を捉えた。

「今度は気のせいじゃない。やはり、チャイナドレスを着た女性がスタンドの隅に！」

女性が消えていった方向へと走り出したオレの前に、突如、ぞろぞろと報道陣の群れが出現し、行く手を遮った。

「くそっ、何だ、急に」

そのせいで、結局チャイナドレスの女性の行方を見失ってしまった。

「おやー、アンタもミーハーのクチかなぁ」

そう話しかけてきたのは、マユミだった。

「どういう意味だい、それは？」

「あれっ、知らないの？　あのジューン・エルドラドが来てるのよ。ほらっ！」

マユミが指差した先には、SPらしき屈強な男たちにガードされた金髪碧眼《へきがん》の女性の姿があった。カメラのフラッシュを浴びながら、記者の質問に輝くような笑みで受け答えするのは、確かにあのジューンだ。

「何でも、シルベスター・スタックローンが企画、主演するレース業界を舞台にする映画だったかな。それに出演が決まって、今日はその下準備らしいわよ」

「へえ、じゃあ、オレも話とか出来るかな」

マユミは、顔の前でひらひらと手を振る。

「ムリ、ムリ、日本人なんて相手にしないわよ。さしずめ、お目当てはナンバーワン・ドライバーのシューマッチあたりじゃないの」

マユミの言う通り、報道陣を引き連れたジューンの一群は、オレの前を素通りする。が、その際にチラリとこちらに見せたジューンの微笑は、イタリアでのあの出会いが偶然ではなかったことを物語っている。オレはそう感じた。

「……やっぱりね」

マユミが洩らした言葉に、オレは内心、ドキリとする。

「所詮《しょせん》、高嶺《たかね》の花ってわけよ。あんまり高望みはしないことね」

何だ、そういう意味か。

それでもオレは万一のことを考えて、マユミに対して予防線を張る。

「ハリウッド女優とレーサーのゴシップなら、キミにとっては絶好の特ダネだったのにな」

「まあね……でも、リアリティが無さ過ぎるのも、記事としてはちょっとね」

「じゃあ、例えば、オレとキミならリアリティがあるかな？」

「えっ？」

じっとマユミを見つめるオレの視線に、彼女の顔はみるみる赤くなった。

「バ、バカ言ってんじゃないわよ。もう時間のムダ、ムダ！」

マユミは、プリプリしながら立ち去っていった。

「何とかこれでジューンとのことで、マユミの要らぬ詮索《せんさく》は防げそうだな」

ほっと胸を撫《な》で下ろし、オレは次の目標、ジューンへと狙《ねら》いを定める。


ホテルの自室に戻ったオレは、イタリアでジューンからもらった、彼女の連絡先が記してあるメモを前に、しばし考える。

あれから今まで、ジューンには一度も連絡を入れていなかった。

他の女の子のことに追われていたこともあったが、本音を言えば、ジューンのハリウッド女優という肩書きにビビッていたわけだ。

しかし、それも今日のあのサーキットでの微笑を見てしまっては、もう後には引けない。

「えーい、日本男児の心意気を見せてやるっ！」

やや気負いが過ぎる意気込みで、オレはジューンに電話をかける。

「ハロー！」

ジューンの第一声、それだけで、日本男児の魂がふにゃふにゃ溶けてしまいそうになる。

「もしもし、あの……」

「あらぁ、もしかして、ＧＰレーサーの……」

「ハイッ！　片木野島信悟之介でありますっ！」

緊張しているとはいえ、軍人かっつーの、オレは。

「もしかして、デートのお誘いかしら？」

「鋭いっ！　さすがハリウッド女優」

「フフフ、それは関係ないでしょ。でも、もう先約があると言ったらどうする？」

「先約？　もしかして、それは……恋人か何かですか？」

「そうねぇ……ダディならいるけど。今も私の隣りで静かに寝息を立てているわ」

ガァァァン！　……なんて、ショックを受けている場合じゃない。

「ダ、ダディですか。でも情けないですね、そのダディとかも。アナタを置いて先に寝てしまうようでは。オレだったら、もう一晩中でも頑張ってアナタを寝かせない……って、あっ、何を言ってるんだ、オレは」

「ウフフフ……レーサーって気難しい男ばかりだと思っていたけど、あなたは少し変わり者みたいね。ダディっていうのは、ウチのネコちゃんのことよ」

「いや、何か緊張しているというか……まぁ、変わっているとはよく言われますけど」

ジューンの口調に、若干シリアスなものが含まれる。

「あなたは私のどこが気に入ったのかしら？」

「それはもう一言では語り尽くせないような……オレに流れる熱き血潮が、カーッと全身を伝わったというか、その……」

自分でも何を言いたいのか良く分からないのだから、聞いているジューンとしたら、正にチンプンカンプンだっただろう。ところが……。

「ホント、あなたって面白い人ね」

「そ、そうですか？」

「デートはＯＫよ。その『熱き血潮』というのがどんなものなのか、私も見てみたいわ」

ブラボー！　変わり者で面白いオレさまに乾杯！

デートの待ち合わせ時間と場所をジューンに伝えると、オレは心の中でそう自分自身を称えるのだった。

心待ちにしていただけあって、ジューンとのデートの日はあっという間にやって来た。

ジューンは、彼女にしては地味目の服装で待ち合わせの場所に現れた。

おそらく周囲の目を気にしてのことだろうが、それでもジューンが姿を見せると、ただのホテルのロビーが映画の一シーンのように見えてしまうから凄《すご》い。

「最初に言っておくけど、今日は心して付いてきてね」

オレの手を握ったジューンが、よく分からないことを言った。

「えっ？　ああ……さてと、少し足を伸ばして、今日はヴェルサイユ宮殿にでも……」

「悪いけど、そういった観光は人目につくから。さあ、急いで！」

ジューンがオレをぐいぐいと引っ張って、ホテルの外へと。

「あ、ちょっと、そんなに引っ張らないでくれ。オレはネコのダディじゃないんだから」

結果的に見れば、ジューンの行動は正解だった。

ホテルのロビーでは、オレたち二人を中心に人の輪が出来つつあったのだから。


ジューンが連れてきたのは、人気のない小高い丘の上だった。眼下では、初めて見る全身が真っ白な牛が、のんびりと草を食っている。

マネクール・サーキットは、首都パリからは列車で4時間近くかかる場所にある。

そのせいで、このように近くにはこれといって何も無い。

ジューンはそこが気に入ってるのだろう。スターゆえの宿命、好奇の視線に煩わされることなく、彼女はのんびりとフランス特有の背の低いブドウ畑が並ぶ景色を楽しんでいる。

オレのほうも、こんな静かな時間を過ごすのは久しぶりだった。おかげでリラックス出来て、ジューンとも何とか対等に話せそうだ。

「シン……」

「えっ……」

「あ、ごめんなさい。あなたのこと、『シン』って呼んでもいい？」

「いいよ。『信悟之介』なんて日本人でも呼びにくい名前だからね」

オレは即座にそう答える。ジューンに愛称で呼ばれるなんて大歓迎だ。

「……シンは自分のしている仕事のこと、どう思っている？」

「レーサーの仕事のことかな。それだったら、好きさ」

「ウフフ、シンプルな答えね。羨《うらや》ましいわ」

「ジューンは違うのかい？　そのぉ、女優の仕事は」

オレから視線を外し、ジューンはどこか遥か彼方を見つめる。

「仕事は楽しいわよ。女優という仕事は、人生を何度もそれぞれ違う形で体験できるわ。それこそ、妖艶《ようえん》な毒婦にも貞淑な貴婦人にも、ね」

「へえ、オレにはちょっと想像もつかないなぁ」

「私、女優への道を自分で選んだのよ。そう、4歳の時にママに頼んだの、ダンスのレッスンがしたいってね」

ジューンが、たぶんその時に習ったのだろう、軽くステップを踏む。

「その頃の記憶もちゃんと覚えてるってワケだ」

「ええ、はっきりと。今日のブレックファーストのメニューのようにね。でもね……」

ジューンの表情に翳《かげ》りがよぎる。

「その頃の私は、女優という仕事が夢、プライベートが現実、そうはっきりと区別がついていた。けど、今はその境界線がよく分からなくなってしまった。周りにいる人たち、いえ、身内ですらどこか私を女優、ジューン・エルドラドとして見ている」

ジューンがモータースポーツに惹《ひ》かれる理由もそこにあるのだろう。

華やかなショー・ビジネスの世界に似て、人々の視線を浴びるモータースポーツの世界。それでいて、虚構の世界ではないレースというリアルな空間に身を置く者たちへの憧れ、といったところだろうか。

「シンはそういうことってない？　レースだって相当現実離れしてると思うわ。例えば、自分がマシンの一部みたいに思えることとか」

「まあ、モータースポーツというのは、他のスポーツと比べて『人対人』ってよりも『技術対技術』って感じもあるしね。でも、その技術を探求していくのも結局は人だろうし」

「そう……模範的な答えね」

「でも、オレもさっきジューンが言った境界線、というのかな。日常で『あれっ』と思うことってあるよ」

ジューンが「？」といった顔で、オレを見つめる。

「ほら、オレも世界中を飛び回っているからさ。日本以外で電車に乗ることもあるだろ。そういう時、思うんだ。『あれっ、この電車、日本のより横Gがきついぞ。きっと線路にバンクがついていて、フラットなんだろうな』とかね」

「フフッ……確かにそんなこと考えるのって、レーサーだけかもね」

「そんな時、思うんだ。やっぱりオレはレーサーなんだなって。誰に何と言われようと、どう思われようとも、この仕事が好きなんだなって」

「シン……」

オレの名を小さく呟《つぶや》くと、ジューンはオレに唇を重ねてきた。

微《かす》かに香水の香りがしたあと、すぐにジューンは唇を離した。

まるで一瞬、風が吹き抜けたようだったとオレは感じた。

夕食も、ジューンの案内による店だった。

「ミシュランのお眼鏡には適ってないけど、味は保証するわ」

そのレストランをジューンが選んだのも、割と目立たない場所にあったのが理由だろう。オレとの二人きりの時間を大事にしてくれるのだと考えると、それも今は嬉しかった。

そして、驚くべきはジューンの旺盛《おうせい》な食欲だ。あのスリムな体のどこにそれだけ……と思うオレの疑問は、服の下に隠された彼女の体、そのものへの関心へと変わっていった。

その関心は、ジューンをホテルの自室に誘うよう、オレを突き動かす。

「いいわよ。シンが部屋に大きな子猫ちゃんを飼っていないか、チェックしないとね」

意味深な言葉を言って、ジューンはオレの誘いを承諾した。


部屋にジューンを招き入れ、オレは取っておきの切り札を出す。

「ジューン、誕生日おめでとう。このワインはオレからのプレゼントだ」

「え……これ、97年のバローロじゃない！　嬉しいっ！」

「良かった、喜んでくれて。オレ、ワインのこととか良く分からなくて」

「本当にありがとう。じゃあ、シーズンが終わったら一緒に飲みましょう」

プレゼントは大成功だった。ありがとう、あの時、このワインを選んでくれた名も知らぬ店員さんよ！

それから、何気ない会話がオレとジューンの間で交わされていく。

『何気ない』とは言ったものの、個室でジューンと二人だけという状況に、オレの気持ちはどんどん高まっていくばかりだった。

「焦っちゃ駄目だ、焦っちゃ駄目だ」と繰り返すオレの『理性くん』も、すぐに「チャンスだ、今だ、そこだ、ヤッちまえ」と励ます『煩悩くん』に駆逐された。

「ジューン！　キミが好きなんだあぁぁぁ！」

もとこ、ケイに続いて、三度目の正直というか、オレはジューンに飛びかかった。

だが、スタント無しでアクションもこなすと巷《ちまた》で言われている女優、ジューンはするりとオレの手を逃れた。

「今、私のことを好きだって言ってくれたのかしら？」

冷静にそう聞かれると、オレのほうはつい及び腰になってしまう。

「あ……そう言ったけど……」

「私もあなたのこと、好きよ」

「えっ？　じゃあ……」

ジューンの言葉を聞いて、再び手を伸ばしかけてしまう、現金なオレ。

「そう。そのストレートで純粋なところが、ね。それに私を女優ではなく、一人の女としてちゃんと見てくれたことも……でもね、それだけではダメなの。まだあなたには、私を心底燃えさせてくれるような何かが足りない」

『何か』……？　そんな曖昧な言葉で言われれても困ってしまう。

「そうは言っても、私がこの部屋に来た時点で……あなたにそういうことを期待させてしまった私が悪いのよね」

ジューンは着ている服を床にするすると落とし始めた。

あ然としているオレの前で、彼女は下着だけを残す状態となった。

「……好きにしていいわ」

オレのノドがごくりと鳴る。ほんの少し手を伸ばせば、世界中の男どもが思い描き、そして欲した魅惑的な肉体を抱きしめることが出来る。

だが、オレは手を触れるどころか、ジューンに一歩たりとも近付けなかった。

ジューンの堂々とした、一流女優のオーラともいうべき迫力のせいか。それとも……。

短い沈黙が、オレにとっては果てしない苦悩の時が過ぎる。

「残念ね……可愛いレーサーさん」

手早く服を身に着けると、ジューンは部屋を出ていった。

「これで良かったんだ、これで……」

深い屈辱感に苛《さいな》まれながら、オレは懸命に自分に言い聞かせた。

フランスGP予選の結果。オレの順位は、5位という好ポジション。

そのことを素直に喜べない自分がいた。未だ、ジューンとのことを吹っ切れずにいたのが、その理由だった。

それでも、決勝の日はやってくる。

「よおー、やってるかー、シンちゃん」

決勝直前とは思えない、いつものフランクな調子で、まさひこがやって来る。

まさひこにはプレッシャーとか無いのか？　いやいや、あの自身たっぷりなジューンでさえも、悩みを抱えていたんだ。まさひこにもまさひこなりに、何か胸に秘すものはあるのだろう……たぶん。

「ビッグニュースだ！　あのジューン・エルドラドが今日の決勝にも又、来てるらしいぜ。ドライバーを激励して歩いてるっていうから、もしかしたら、ウチにも来るかも」

ジューンが来ている？　まさひこの情報はオレの心を乱す。

「ジューン・エルドラドに『頑張ってくださいね』なーんて言われたら、オレっち、もう死んでもいいっちゅーの」

はしゃぐまさひこの背後に、何と当のジューンが来ている。

「あらっ、死なれたりしたら困っちゃうわね」

「ん？　あーーーっ、ジューン・エルドラドぉぉぉ……さん。その……初めまして」

噂《うわさ》をしていた本人の登場に、まさひこはすっかり動揺しまくっている。

オレも別の意味で動揺して、まともにジューンの顔が見れない。

仕方なく、彼女の胸に抱かれている物体に目をやる。

「……そのネコは、もしかして？」

「そう、ダディよ。一度サーキットが見たいって言うから連れてきたの」

これが前にジューンが言っていた飼い猫のダディか。

「さっすが大女優が飼っているだけあって、どことなく気品がありますなぁ」

まさひこが見え透いたお世辞を言う。

ジューンに対して適当な言葉が見つからないオレは、何気なくダディのノド元を撫でてやろうとしたが……。

フギャアァァ！

危うくダディの爪《つめ》で指を引っ掻《か》かれるところだった。

「ハハハ、シンちゃん、嫌われたみたいだな。ネコにも人を見る目があるんだな、うん」

まさひこがオレをからかう。くそっ、このバカ猫が！

「ごめんなさいね。ダディってすごくワガママなの。この前も急に飛びかかってきて、私を困らせたりするのよ。まあ、そのあと少し叱《しか》ってやったら、すぐにシュンとなったけど」

ジューンの言葉は、あの夜の出来事、オレの醜態のことをダディに置き換えて言っているのだろうか。たぶん、いや絶対にそうだ。

ジューンと話が出来て、すっかり有頂天になっているまさひことは対照的に、オレのなかには再び『屈辱』という二文字が浮かび上がっていた。


「さあ、F1/2GP第3戦決勝も、いよいよ始まりますね」

「ここ、フランスのマネクール・サーキットは長いストレートはありますが、意外に追い越しは難しいんですよ。タイトなコーナーは、空力、いわば如何に空気抵抗を低くし、ダウンフォースが確保されているのかが問われるわけですからね」

「前回、大胆なノン・ストップ作戦を敢行した、日本期待の信悟之介はどうでしょう?」

「予選を5位につけていますから、表彰台も期待していいんじゃないでしょうか」

……といった会話が中継では行われているだろうが、スタートを待つオレの思惑は違った。

スターティング・グリッドに着く直前、今回のポール・ポジションのシューマッチの姿を目にした時に、オレの目指すものは決まった。

毎年タイトル争いに加わり、来年はもう一つ上のレースにステップアップするため、F

1／2は今年が最後といわれる、最速ドライバー、シューマッチ。

彼の堂々たる風格が、オレにはジューンの女優としての同じそれに重なったのだった。

シューマッチ、彼と同等に張り合わなければ、いや、彼を追い越せないようでは、オレにジューンを抱くことなど出来ない！

今日のオレには、優勝も表彰台も無かった。シューマッチを追い越す、ただそれだけしかなかった。


レースは快晴の中、ドライ・コンディションでスタートした。

6周目、E・アーバウンドをパスして、シューマッチの背中を捕らえた。

そして、オレは初めてシューマッチの本気の走りを見せつけられることになる。

コースの攻略法、ドライビングに関するテクニック、巧妙なブロック・プレー、どれも決してトリッキーなものではなく、基本に充実だった。しかし、これほどそれを正確に、そして長時間に亘ってこなすことの出来る者はほかにいないだろう。

ティフォシに『KAISER』と呼ばれるだけあって、サーキット内において彼ただ一人、レースに「苦しむ」のではなく、「楽しんで」いる。

ピット・ストップにも全く隙《すき》が無かった。

オレは、フリー走行中にピットロードを制限速度一杯で走っていたシューマッチの姿を思い出した。

コース上を走った場合とのタイム差のデータを収集するために、他のドライバーもやることだったが、ピットイン時のオレとのロスタイムの差を考えると、シューマッチが如何にそれを徹底してやっていたのかがよく分かる。

神から与えられた、シューマッチの特別な才能、そう定義付けしていれば、楽だろう。

しかし、オレには、彼に嫉妬《しっと》してただ指をくわえて見ているなんてことは出来ない。

彼から学べることは学び、そして、越えていかなければならないのだから！

最終の71周目、長いバックストレート・エンドの右コーナー『アデレード・ヘアピン』。

これが最後のパッシング・ポイントだ。

オレは、らしくないダイナミックな切り返しを見せる。

マシンが、激しい空気抵抗で浮き上がろうとする。

「ディフューザーよ、頼むぞ！」

オレは、空気流の拡散装置にそう願う。

コーナーリングでの立ち上がりのフラつきは、辛うじておさまった。

しかし、依然として、シューマッチのマシンは前方に存在する。

「諦《あきら》めないぞ。まだ最終コーナーの『リセ』がある。そう、まだ！」

そして……。

シューマッチに初めて挑んだオレのバトルは、そのまま2位でチェッカーを受けることで終わった。

当然、シューマッチの横で表彰台の上にいるオレには笑顔は無かった。

前回のモナコGPでのシューマッチの言葉を借りれば、「今日はオレもマシンも充分にコンペティティブだったのに、彼に勝てなかった」のだからだ。

表彰が終わったあと、シューマッチが声を掛けてきた。

「どうやら、モナコでの君の走りはマグレではなかったようだ」

彼のほうから話しかけてくるのは、これが初めてのことだった。

「つまり、君は久々に私を興奮させてくれる男だということだ。あらためて、挨拶《あいさつ》させてもらうよ」

握手を求めるシューマッチの手を、オレはがっちりと握り返した。


打ち上げやら何やらで、オレがホテルに戻ってきたのは夜遅くになってしまった。

「ハロー！　随分待たせるじゃないの、この私を」

「ジューン、何でキミが……」

ロビーには、ジューンがいた。

その腕の中には、今はダディの姿はない。それが淋しいというのではないだろうが、ジューンは周りの目をはばかることなく、オレに腕を絡ませてくる。

「私が今ここにいるのは、今日のレースの結果が良かったからじゃないわよ」

戸惑いっぱなしのオレに、ジューンはオレの目をじっと見つめ、言葉を続ける。

「シンのなかに、私が求めていた何かが芽生え始めているのが分かったから……かしらね」

オレも真正面からジューンの目を見つめる。これが自信というものだろうか。

「……オレのどこが気に入ったのかな？」

それは、前にジューンがオレに尋ねた言葉だった。

「うーん……『熱き血潮』？　フフフッ、ホント、言葉では言い表せないわね」

ジューンが甘えるようにオレの胸に顔を寄せる。オレも彼女の腰に手を回す。

そして、オレたちは並んでエレベーターに乗り込んだ……。


「最初は私にさせて……ううん、そうしたいの」

ジューンは跪《ひざまず》いて、オレのズボンのファスナーを下ろす。

「ワオッ、スゴイッ！　シンのフランクフルトって特別製なのね」

引き千切るように服のボタンを外し、ジューンはブラを取った。ぶるんと本当に音がしたように、彼女の乳房が零れ落ちる。

「これで挟んで、ホットドッグというのはどうかしら？」

オレがその意味に気付く前に、ジューンはベッドに腰をかけ、大きな胸でオレのフランクフルトをぱっくりと挟んだ。

「もうこんなに熱くなってるのね。ちょうどいい焼け具合ってところかしら」

妖艶な視線をオレのモノに浴びせながら、ジューンはパイズリを始める。ふくよかでマシュマロのような乳房の刺激に、フランクフルトはサイズを変えていく。

「ヤダ、こんなに……もう味見したくなっちゃうじゃない」

ジューンの舌が、フランクフルトの先端を本当に美味《おい》しそうに舐《な》め始める。

「れろっ、ぴちゃ……んはぁっ！　ダメ、こうなったら、全部食べちゃう」

乳房を器用に使い、ジューンは眼前に突き出されたオレのフランクフルトをほおばる。

「美味しい……あぐっ、んくっ、はむっ……ぷはぁっ！　食べ切れないわ」

パイズリも一層激しさを増し、ジューンの口の周りは涎《よだれ》でぐしょぐしょに濡《ぬ》れている。

こんな光景を世界中のジューン・ファンに知られたら、まず命はないだろう。

さてと、そろそろオレも自発的に参加するか。

「あれっ？　せっかくのホットドッグに焦げ目が出来てるぞ」

オレは、ピンと張り詰めているジューンの乳首を乳輪ごと摘んだ。

「これは取ってやらなくちゃな」

摘んだ乳首を指でこすり上げる。

「ひゃうっ！　それ、焦げ目じゃなくて……私も感じちゃっているから、はぁぁん！」

「こすっても駄目か。じゃあ、こうしてやったらどうかな」

コリコリとした乳首同士を引っ張り上げ、すり合わせる。

「やぁん、ダメ！　胸、弱いの、そんな風にされたら……ヒィイィッ！」

ジューンは軽い絶頂を迎え、オレもまず一発目を美しい彼女の顔に撒き散らした。

「……ハァ、ハァ、もうダメだって言ったのに……それに、どうせなら口に直接、シンの高まりを受け止めたかったのに」

息を整えながら、ジューンはオレにとって嬉しい不満を述べた。

「でも、シンのって、すごいのね。日本人のは硬いとは聞いていたけど、シンのはサイズも大きいんだもの」

「ほぉ、その口調だと、今まで日本人以外のモノは随分と味わってきたみたいだな」

「もう！　からかわないでよ……それに最近はずっとご無沙汰《ぶさた》だったんだから」

「じゃあ、最近はどうしてたのかな？」

オレの意地の悪い質問にも、ジューンは頬《ほお》を染めて答える。

「……シンには隠し事したくないから……自分で慰めてたのよ、これで」

ジューンが自分のバッグから取り出したのは、何とバイブだった。

高まるオレの欲望は、当然のように次の言葉を吐かせる。

「ジューンがどうやって自分で慰めてたのか、見てみたいなぁ」

「……そう言うと思ったわ。全くどうしてこんな人を好きになっちゃったのかしら」

そう言いつつも、ジューンは服を全て脱いでベッドの上に仰向けになった。開いた足の先にある彼女の秘所はもう蜜《みつ》を滴らせている。

「もう大洪水だね、ジューンのココは」

「もう、シンがそうさせたんでしょ……いい？　始めるわよ」

ジューンの膣内《ちつない》に、バイブが「ぐちゅう」という水音とともに挿入された。

すぐにその水音は途切れなく続くことになり、合わせてジューンの口からも吐息と喘《あえ》ぎ声が洩れる。ちらちらとオレの方を窺《うかが》う仕草が何とも言えない。

「イヤイヤ始めたわりには、バイブを動かす手が止まらないみたいだね」

「だって、人前でこんなことするの初めてだし……それに、好きな人にこんな浅ましい姿を見られてると思うと……ああんっ、感じちゃう……見て、もっと見て、私を……」

女優、ジューン・エルドラドのオナニー・ショー、こんな生々しいものを見せられては、もうオレも我慢できない。

オレはジューンの手をつかみ、バイブを引っこ抜いた。

「ちょっと、何？」

行為を中断されて不満顔のジューンの尻を、オレは荒々しく抱え上げる。彼女の股間《こかん》を弄《いじ》り、花の咲く位置を確認すると、一気に突入させていった。

「あはあぁぁぁっ！」

ジューンの花弁の中に侵入したオレのモノは、その蜜を吸い尽くすように奥へと、子宮の扉へと突き進む。

「はぁぁん……すごい！　やっぱりバイブよりこっちのほうがいい、いいわ！」

まだまだこんなものじゃないぞ、とオレは腰を激しくジューンのたっぷりとした尻に打ちつける。彼女も負けじと腰をくねらせる。

「Ah！　Yeah！　Ah！　Hoo！………Come　on！　Please！　Ah！　Come！　Come！　Pleeeese！」

余りの快感に、オレの頭はマヒしていき、今まで普通に会話していたジューンの言葉が、そのまま英語として聞こえる。

「Ahhhhhhh！」

牝《めす》としての本性を剥《む》き出しにしたジューンの絶頂の叫びに合わせるように、オレも精液を子宮の壁に叩《たた》きつけた。そのまま、オレたちは溶け合うように一つに……。

それから、オレたちは体力の続く限り求め合った。

そして、朝が白み始めた今、やっと安らぎの時を迎えていた。

「シン……私、あなたに話してなかったことがあるの。私の本名は『クリスティーナ・エヴァンス・ナガヤマ』……本当は日系3世なの」

「へえ、そうなんだ。どうりで座禅を組むのが巧かったわけだ」

「マネージャーの意向でマスコミにも知られていないの。営業的なイメージのためにって」

「まあ、オレにとっては関係ないけど。ジューンはやっぱりジューンなんだし」

「それでね……私、自分が日系だってことを公表しようと思うの」

「何故?」と軽い気持ちで尋ねたオレは、その理由を聞いて愕然《がくぜん》とした。

「だって、旦那様が日本人だったら、もう隠しておく必要もないでしょ」

「ちょっ、ちょっと、ジューン、その旦那様って……」

「とりあえずモナコ辺りに家を買って……アメリカまでは遠いけど、シンもシーズン中は世界を飛び回ってるから何とかなるわね。それから……」

ジューンはもうすっかりその気でいるらしく、頭の中でいろいろと結婚生活の未来図を思い浮かべている。

ヤバイ……これは、もう止められないかも。

Rd.4『スピン・オフ』～イギリスGP～

英国モータースポーツの聖地、シルビアストンに、オレは足を踏み入れる。

「ふあぁーっ……まだ疲れが残っているなぁ」

ジューンには参った。外見に似合わず結婚願望が強いのか、次々と予定を決めていこうとする彼女をごまかすため、オレの下半身のエンジンはずっとオーバー・レブ状態だった。

幸い仕事があるとかで、ジューンがハリウッドに戻ってくれたから良かった。あのままでいったら、若くして腹上死する破目になるところだった。

「お疲れさまで〜す！」

安心したのもつかの間、新たなる脅威、本多せなの来襲だ。

「大丈夫ですかぁ？　あんまり顔色よくないですよぉ」

「そんなことないよ」

そう言ってるそばから、オレは大アクビをしてしまう。

それを見て、せなの目がキラリと光った。

「えいっ！　ゲンコツだっ！」

せなは、オレの大きく開いた口に握りこぶしを突っ込んだ。

「んぐぐっ……！」

手を「すぽっ」と抜くと、せなは言った。

「イジっぱりは、オシオキッ！　早く帰って休みなさいっ！」

せなの気遣う気持ちも分かるが、文字通りその行動には『開いた口が塞《ふさ》がらない』オレだった。

「分かったわね！　じゃあ、またねぇ……フフフ、間接キス、間接キス……」

自分のこぶしにキスの雨を降らせながら去っていく、せなの後ろ姿をぼんやりと見送って……はいなかった。「このパターンだと又、きっと」と、オレは周りに神経を尖《とが》らせる。

……やっぱり、視線を感じる……よしっ、今だ！

オレはいつものように振り返ることはせず、脱兎の如く目標へとダッシュした。

「……あっ！」

「やっと捕まえましたよ、チャイナドレスのお嬢さん」

オレに視線を送っていた謎のチャイナドレスの女性、その確保に成功した。彼女の華奢《きゃしゃ》な腕をがっちり掴《つか》んで離さない。

「日本にいた時からずっと監視していたようだが、一体どういうつもりなのかな、キミは？　まずは名前でも名乗ってもらおうか」

「あのぉ……『レイ・ミンファ』といいます」

年齢は20代半ばか。美貌《びぼう》といいスタイルといい、見事にチャイナドレスを着こなしている。気になったのは、彼女の表情だ。ぽーっと風呂上りのように顔が上気し、目も潤んでいる。その色っぽさに思わず見惚《みほ》れてしまう。

「おやおやぁ、昼間からこんなことでナンパですかぁ？　お盛んですねぇ」

水を差してきたのは、マユミだった。

反射的に、オレはミンファから手を離してしまった。これ幸いと、彼女は逃げていく。

「あ、ちょっと、まだ話が……」

ミンファの姿が遠ざかっていく。チャイナドレスの下で揺れるチャーミングなお尻は、彼女の正体に対するオレの興味を大いにそそる。

「ふむふむ、最近レースでの成績が良いと思ったら、その影には女ありというわけね」

「又、キミか。そうだ、プレスのキミなら、もしかして……」

一瞬、ミンファのことを聞いてみようかとも思ったが、止めた。マユミの好奇心をイタズラに刺激して、もとこやケイの、ましてやジューンのことなどを探られてはマズい。

「……いや、何でもない。あ、久しぶりだったね、元気だった？」

「そりゃあ、もう……って、何かごまかしてるわね。とりあえず、さっきのチャイナドレスの女性とはどういった関係で？」

それは、こっちが聞きたいくらいだ。

下手な言い訳は、マユミの想像力を逞《たくま》しくさせるだけだと、今までの体験で学んでいる。

オレは、スタスタとマユミを置いて歩き出す。

「こらっ、待ちなさいって。そろそろスクープをモノにしないと、ワタシ、ヤバイのよ」

マユミは、しつこく付きまとう。オレはそれを無視して、独り言を呟《つぶや》く。

「あーあ、何だかんだで、このイギリスでもうF1／2も4戦目かぁ」

「なるほどぉ。えーと……『レーサー信悟之介の下半身は、ここイギリスの地で4人目の獲物を狙《ねら》い、熱くたぎっていた……』と」

くっ、気のせいか、少し当たっているような……いや、無視だ、無視！

「シルビアストンは高速コーナーが揃《そろ》っていて、得意なんだよなぁ。よーし、一味違った走りを見せてやるかぁ」

「えーと……『早いのはともかくスタミナは自信があるから、夜の小生の愚息は一味違うぞ、と彼はニヤリと笑った……』と」

記者は記者でも、オマエは夕刊タブロイド紙の風俗店案内担当かー！

オレがツッコミを入れようとした、その時だった。

「きゃあっ！」

マユミは、オレを追いかけるのに夢中になったあまり、置いてあったパッキング・ケースにつまずいてしまったようだ。

「イタタ……もう、何でこんな所に！」

「やれやれ、しょうがないな……よいしょっと！」

オレは、転んでいるマユミを両手で抱き起こしてやる。見た目より案外軽い。

「キャッ！　……バカバカ、何するのよ！　このチカン、ヘンタイ！」

「おいおい、そりゃあないだろ。せっかく助けてやったのに」

腕の中でジタバタと暴れるマユミを、そっと地面に立たせる。

「……こんなことで貸しが出来たなんて思わないでよ」

マユミは照れ隠しもあるのだろうが、可愛くないことを言う。オレも負けずに言い返す。

「いいや、思う！　これで、オレはキミにでっかい貸しを作った！」

「何ですって！　だったら、ワタシも礼なんて言わないからね」

「それより、足は大丈夫か？　オレのスタッフが確か良く効くシップ薬を……」

「結構ですっ！」

そう言い放つと、マユミは怒ったまま走り去っていった。

「厄介《やっかい》な女だな……それはそれで又、一興かもな」

この瞬間、オレは、次に狙うべき相手を決めた。


ホテルの自室に帰ったオレは、深夜になって電話をかける。勿論、相手はマユミだ。

「はい、井上です……えーっ、ウソーっ！」

「ウソーっ、は無いだろ。正真正銘、本物の片木野島信悟之介だよ」

「何？　もしかして、極秘情報でもリークしてくれるの？」

予想通りの反応を示すマユミに、オレはデートの誘いを口にする。

「それって……デートってことだよね。ワタシもマスコミの一員として、取材対象の人間とあんまりプライベートな付き合いをするわけには……」

らしくないことを言い出すマユミに、オレは切り札を出す。

「誘いを受けてくれたら、昼間の貸しはチャラにするからさ」

「貸し、って、あれは……」

「今後、一切の取材はお断り、ということで、チャラにする方法もあるけど……キミは、どちらを選ぶのかな?」

「うっ! 脅迫じゃない、そんなの」

「こう言ったほうが、キミにとってデートの誘いを承諾する、良い口実になると思ってね」

「え……?」

マユミが言葉を失う。電話の向こうの、彼女の照れた表情さえも想像できる。

決まった……! 師匠、まさひこよ、見ていますか。恋愛ビギナーだったオレはこんなクドキ文句を言えるほど成長しました!

「……分かったわよ。次の日曜日、16時にホテルの玄関でいいのね!」

「そうそう、キミはイヤイヤながら承諾したということで」

「一言多いっての! ワタシだって、この機会をたっぷり生かしてみせるからね。『新進レーサー、女性ジャーナリストに急接近！　その隠された私生活を独占入手！』って、大きく見出しを付けてね！」

最後に憎まれ口を叩《たた》くところは、実にマユミらしかった。


「いやー、申し訳ない。原稿書いてたら遅くなっちゃった」

待たされることにはいい加減もう馴れたが、気になることもあった。

マユミが、肩からバッグをかけて、いつもの取材用の格好《かっこう》であることに。

ツナギ姿で来たもとこは置いておいて、ケイやジューンの艶姿《あですがた》を見てきたオレとしては、少しはオシャレをして来て欲しいと思ってしまう。思えば、オレも贅沢《ぜいたく》になったものだ。

「さてと、どこに行こうか？」

「ワタシ、昼ご飯食べてないからさー、もうお腹ペコペコで」

「そうか。じゃあ、ストーンヘンジに行こう！」

「何よー、ワタシ、お腹が空いてるって、あ、ちょっとぉ……」

一度くらいはこちらのペースでデートをしたいという欲求に従って、オレはマユミを少々強引に引っ張っていく。


ストーンヘンジ……、広大な野原の中にポツンと立てられている、祭壇のような謎の巨石群だ。夕陽に映えてそびえ立つ、その姿にしばし見惚れる。

オレは、何となくこの場所が好きだった。

「なっ？　神秘的な感じで、なかなか良いだろ？」

「どこがー？　何か墓石みたいで気持ち悪いし」

強引に連れてこられただけに、マユミは明らかに不機嫌な様子だ。

「墓石ってな、オマエ。こう、ロマンとか感じないのか？」

「ジャーナリストにはね、そーいう非現実的な発想って無いの。自分の目で実際に確かめたもの、それこそが全てなのよ！」

「ハイハイ、そうですか」

「大体、どこか辛気臭いのよね、これって。そうねぇ……周りに提灯でも飾り付けて、真ん中には……太鼓かな。それで、人が輪になって踊ったりすれば、少しは……」

「それじゃあ、盆踊りだろうが！」

「そうそう、正にそれよ。盛り上がるわよー！」

ストーンヘンジを見て、盆踊りとは……その発想にはとても付いていけない。

「あっ、そーだ！　盆踊りっていったら……ちょっと失礼！」

どこかへ行こうとするマユミ。オレも追いかけていこうとしたが、断られる。

「ぜ～～～ったい、付いてこないで！」

そう言い残して、マユミは姿を消した。

これ以上、機嫌を損ねてもマズイと、オレは素直に従う。

…………。

10分ほどたって、オレはハッと気付いた。

もしかして、これが前に聞いたことのある、デートの途中ですっぽかされる、というヤツなのか？　こういう時はどうしたらいいんだ？　師匠ー！　まさひこ師匠ー！

「お待ちどうさま」

パニックに陥りかけたオレの耳に、マユミの声が聞こえた。

「どこ行ってたんだ。もう帰っちゃったかと……えーっ？」

そこにいたのは、マユミだったがマユミではなかった。もう少し正確に言えば、浴衣姿のマユミだった。

「じゃじゃーん！　どう？　似合うでしょ？」

「似合うって聞かれても……それより、どうして浴衣なんて……？」

「まさかの時の正装用にいつも持ち歩いてるのよ。日本人の正装っていえば、やっぱキモノでしょうが！」

「キモノといっても、盆踊りの時はともかくとして、浴衣は普通入浴後に着る物であって、あんまり公式の場では……」

「うっ、うるさいわねっ！　いいのよ、どーせ外国人には分からないんだから」

マユミはムチャクチャなことを言う。

まぁ、彼女の浴衣姿を見ることが出来たのには満足している。特に、アップにした髪からこぼれた数本の髪の毛がうなじにかかっているところなどは、実にその何というか、色っぽい。まさひこのレクチャーでは、『女の服装に惑わされるな』と注意していたが。


そのあとの食事でのマユミには、色気のかけらも無かった。

「あのさ……余計なことだけど、そんな勢いで食べてお腹とか壊さないのか？」

「ゼンゼン。ワタシが海外を飛び回る今の担当に選ばれた最大の理由も、ワタシの胃腸の丈夫さにあるんだから。それに奢《おご》りとなれば、特にね」

確かに、この食べっぷりの良さは一興の価値があるかもしれない。

「ところで、どうだろう……このあと、オレの部屋に来ないか？」

機嫌の良い今がチャンスだと、オレはマユミを誘う。

マユミの食事を運ぶ手が、ピタリと止まった。

彼女の表情から、頭の中で警戒心と好奇心がせめぎ合っているのが如実に分かる。

「……いいよ」

それはマユミらしくない、か細い声だった。

「そのぉ、密着取材だったら、それも有りだろうし」

続けて呟いた言葉は、言い訳のように聞こえた。


ホテルの部屋で、オレとマユミはあたりさわりの無い会話をする。

「さすがに良い部屋だね。ウチらのホテルとは大違い」

「まっ、日中は部屋にはいないし、寝るだけなんだけどね」

さすがにこれまでのことを学習したオレは、いきなりガバーッと飛びついたりはしない。

ここはあくまでもさり気なーく、相手をリラックスさせることが先決だ。

「……ところで、何でジャーナリストになったのかな？」

「おおっと、そっちから質問とは珍しいじゃない」

「せっかくの機会だから、もっとキミのことを知りたいと思ってね」

自分でもこれは少しカッコつけすぎかなと思ったが、マユミの反応は悪くない。

「んー……夢だったの、世界中を飛び回ってレースリポートをするのが」

「じゃあ、もう半ば叶《かな》えたってわけだ」

「まぁね。でも、これからが大変よ。レース担当になっても、ワタシは裏ネタやゴシップとかの周辺記事ばっかり。レースリポートは、それ専門のフリーの人間がいるしね」

「でも、いつかはきっとキミだって……」

「そう巧くはいかないのよ。業界のおエラいさんには頭の固いヤツが多くてさ。女になんかモータースポーツの世界が分かるもんかって思ってるのよ」

うーむ、しんみりとした話になってしまった。ここは一つ、慰めの言葉でも……。

「そうか。キミの明るい笑顔の裏にも、そんなことがあったのか」

「はあ？　何言ってるの？」

「いや、だからキミの心の苦しみをオレが少しでも……」

キャハハハ、といった感じでマユミが笑い出した。

「それ、本気で言ってるの？　アナタって相当のお人好しか世間知らずなのね」

二の句が告げないオレに、マユミはサバサバした口調で言う。

「要は、今はまだワタシには無理、能力が足りないってことよ。人間、自分を知ることは大切よ。プロフェッショナルたる者なら特にね。だから、ワタシはゴシップ記事でも決して手は抜かないわ」

くそっ、同情したオレがバカだった。

「笑ったりしてゴメンね。心配してくれてホントはちょっと嬉しかった……なーんてね」

「えっ……」

最後に付け加えられたマユミの言葉に、彼女の本心がちらりと見えた。お気楽に見えても、彼女が壁にぶつかりそれを懸命に越えようとしていることが、そこから分かる。

そんな風にマユミの心情を理解してしまうと、今夜はとても彼女を抱くなんて気分にはなれない。

「……あ、ゴメン。用事があったのを思い出した。済まないけど、今日はこの辺で」

「そ、そうなの？　ま、いいか。じゃあ、そういうことで」

少し名残惜しげな顔をするマユミを、オレは彼女の宿泊先へと送っていった。


その帰り道、散歩がてらにオレはサーキットに立ち寄った。

「こんな時間に明かりが？　それもウチのチームのピットじゃないか！　まさか、スパイとかじゃないだろうけど……」

オレは、ピットの薄く開いたシャッターの隙間《すきま》を覗《のぞ》き込む。

「……えっ、もとこちゃん？」

「きゃっ！」

オレの声に、中にいたもとこが驚いて振り返る。

「……びっくりした。どうしたんです、信悟之介さん、こんな時間に？」

「それはこっちの台詞《せりふ》だよ、もとこちゃん」

「そ、そうですね……実は私、お休みの日でも時々パッと閃《ひらめ》くことがあるんです。こんなセッティングはどうかなって。それで、明日まで待てなくて」

「こっそり作業してたってわけか……それにしても、もとこちゃん、その格好……」

「あっ、ここ暑かったもので、つい……」

もとこは、いつものツナギを腰まで下ろし、上半身を覆っているのはタンクトップだけ。それもノーブラなのか、生地を通して乳首がポチッと透けて見える。

本人はあまり意識していないようだが、なかなか扇情的《せんじょうてき》な格好だ。

「そうだね。もう7月も中旬を過ぎて、夜になっても暑いからね……あれっ、7月中旬？　何か引っ掛かるけど……あーっ！」

オレは重大なことを忘れていた。今日は7月18日、もとこの誕生日だった！

「あのぉ、どうかしましたか？」

「いや、その……そうだ、あれがあった！」

数あるプレゼントの中の一つを、いざという時のために持ち歩いていたことを思い出した。『備えあれば憂い無し』とは、正にこのことだ。

「もとこちゃん、少し遅くなったけど、誕生日おめでとう」

「えっ、誕生日？　あっ、そういえば今日は……」

「そして、これ、プレゼント。中身は指輪なんだけど、もしサイズが合わなかったら……」

「いいえ、大丈夫です。大事にしまっておきますから。本当にありがとうございます」

「えっ、何で？　やっぱり指輪は指にはめたほうがいいと思うけど」

「あのぉ、私、こういう仕事ですから、作業の時には……それに傷が付いたりしたら……」

そうか！　メカニックのもとこには、このプレゼントはベストではなかったのか。

我、信悟之介、プレゼント選択に敗れたり！

ガックリと肩を落とすオレを見て、もとこが慌ててフォローを入れる。

「す、すいません……私はとってても嬉しいんです。特に信悟之介さんが私の誕生日を知っていてくれたことが」

オレが渡したプレゼントを大事そうに抱えるもとこの姿を見ていると、ぎゅっと抱きしめたくなる……だから、抱きしめた。

「え……信悟之介さん……」

「実はもう一つ、プレゼントがあるんだ」

ついでに、オレのスケベ心も高まっていた。今日のデートで、マユミを抱けなかったせいもあったことは否定できない。

「信悟之介さん、プレゼントって、まさか……ダメッ、こんな所でなんてダメです……」

オレの意図に気付いたもとこが身をよじらせる。構わずオレは、彼女の胸をタンクトップの上から揉《も》みほぐし、汗の光るうなじにキスの雨を降らせる。

「たまにはこういう場所も刺激があって悪くないよ。その証拠に……」

オレは、もとこのツナギもろともその下のパンツまで一気に引き下ろした。

「ほら、もとこちゃんのココもこんなに濡《ぬ》れて、オレのプレゼントを待っている」

「ち、違います……それは汗が……くっ、あふっ！」

　早くも高温になっているオレの股間《こかん》のピストンを、もとこの体内オイルに浸ったシリンダーに挿入する。途端に抵抗していた彼女の声も甘い、淫猥《いんわい》な色を帯びる。

「んんんっ！　はぁぁぁ……す、すごいっ！　はぅぅん……このプレゼント、最高です。私、これが欲しかったんですぅぅぅ！　はぁぁぁっ！」

　もとこの正直な告白に、オレのピストンは更に回転数を上げていった……。


　ある日のサーキット。テスト走行を終えて、モーターホームに戻る途中、オレはマユミのことを考えていた。

「井上マユミ……オレは一体、彼女をどうしたいんだろう」

　マユミを抱きたい……そういう気持ちは当然ある。そ

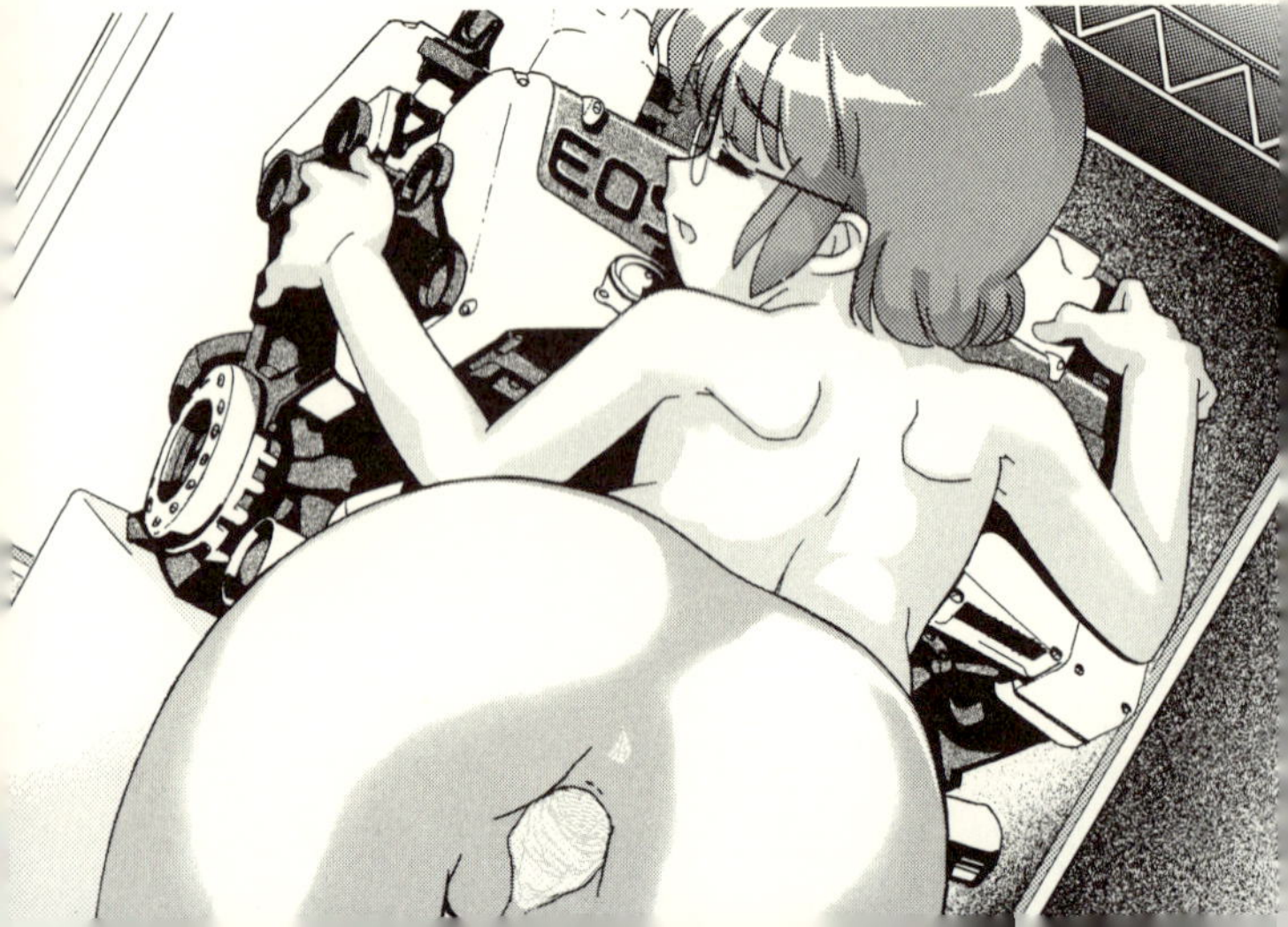

れが叶うかもしれないという手応えもある。でも、それがシーズン前にオレが心に決めた、『女性をゲットする』ということなのだろうか。オレが望んでいたことなのだろうか。

確かに、もとこを始めとして、ケイ、ジューンとオレは彼女たちを抱いてきた。しかし、同時に何か別のものを手に入れたような気がする。それが何かと問われたら、漠然としてよく分からないが。

オレの思索は、問題の中心にいる人物を目にすることで中断された。

「くーすー……くーすー……」

マユミは、モーターホームの脇にあるベンチで寝息を立てていた。もしかして、オレのテスト走行が終わるのを待っていたのだろうか。

しばらく、マユミの寝顔をじっと見つめる。

このあいだ話を聞いたからではないが、男に伍《ご》して記者をやっていくのは大変なのだろう。こんなざわついた場所で寝てしまうことからも、彼女の疲労の度合いが分かる。

かといって、このままずっと寝かしておくわけにもいかず、オレはマユミを起こす。

「むにゃ、うっうーん、もう少し……えっ！　ヤダ、ワタシ、こんな所で……」

「今日はホテルに帰って休んだほうがいいよ。無理をしても良いことなんかないぞ」

ほんの軽い気持ちで、オレはマユミに注意した。

「大きなお世話よ！　アンタに何でそんなこと言われなきゃいけないのよ！」

寝顔を見られた気恥ずかしさも手伝ってか、マユミはキツイ言葉を浴びせてくる。

「そういう言い方はないいんじゃないのか」

「ワタシに、休めですって？　前にも言ったでしょ、ワタシがこうやって海外に来られた理由を。『体が丈夫』ただそれだけの理由なんだから！」

「だったら、なおさら体調には気をつけないと……」

「分かってないのよ、アンタは！　のんびり休んでなんかいたら、すぐに……ワタシの代わりなんて幾らだっているんだから。アンタみたいな選ばれた人間には分からないのよ、ワタシの気持ちなんて！」

マユミは一気にそこまでまくし立てた。

「ハァ、ハァ」と、彼女の荒い息遣いだけが、今はオレたち二人の間に流れる。

「『選ばれた人間』か……そういう言葉をキミの口から聞きたくなかったな。それに、そうやって無理をするのが、キミの言うプロフェッショナルなのか？」

「…………！」

唇を噛《か》み締める、マユミ。……そして、オレに背を向け、走り去っていく。

オレのなかの何かが、囁《ささや》いた。

「このまま黙って見送っていて、良いのか？」

その問いに答えるまでもなく、オレはマユミを追いかけて走り出していた。

ドン、ドン、ドン……！

オレは、マユミの部屋のドアをひたすら叩き続ける。

かれこれ10分くらいそうしていただろうか、やっとドアが開いた。

マユミの泣き腫《は》らした跡の付いた目が、薄く開いたドアの隙間から見える。

「……悪かったわ、取材対象であるアナタにあんなこと言ったりして。ホント、プロフェッショナルじゃなかった。ごめんなさい……じゃあ」

マユミが再びドアを閉めようとするところを、オレは足を挟んで阻止する。

「オレ、ここのところずっとキミのことを考えていた」

「え……」

「いろいろゴチャゴチャと考えていたんだけど……さっき分かったんだ」

オレは気持ちを一気に吐き出すために、そこで大きく息を吸い込む。

「夢を追って頑張っているキミも、これからのことを考え悩んでいるキミも、さっきみたいに怒っているキミも……全部含めて、丸ごとキミが欲しいんだってことを！」

マユミのドアのノブを掴んでいた手が緩み、オレはドアを開ける。

「だから、キミもオレに甘えろよ！　泣きたいんだったら、オレの前で泣けばいいじゃないか。グチが言いたいんだったら、さっきみたいにオレにぶつければいいさ。そんなことでオレはキミから離れていったりしない……オレはそうして欲しいんだ！」

マユミがグスッと鼻をすすった。

「……ワタシ、ワガママで口も悪いし、すごく図々しい女なんだよ。それに飽きっぽいから、アナタのことだってすぐに冷めちゃうかもしれないよ。それでもいいの？」

オレは返事の代わりに、マユミを抱きしめ、その唇を奪う。

「んむっ、んんんん……はぁっ！　もう！　突然すぎるよ、こんなの」

「知らなかったのか、レーサーって人種は時間の概念がコンマ1秒単位だってことを」

「そうなの？　まさか、アッチのほうも早いんじゃないでしょうね」

今度はマユミのほうから唇を合わせてきた。そして……。


「意外と着ヤセするタイプなんだな。ここら辺なんか特に……」

オレはマユミの服を中途半端に脱がせ、彼女の乳首をクリクリと攻め、反応を楽しむ。

「あんっ！　もう早く脱がせてよ。いつまでこんな格好させてる気なの……んはぁっ！」

「これがいいんじゃないか。如何にも『犯されてる』って気がするだろ？」

「ワタシ、そんなシュミは……はふうっ……よーし、こうなったら、こっちだって……」

マユミも、オレのズボンのファスナーを下げ、中のモノを引っ張り出す。

「アナタのだって、もうこんなになっちゃってるじゃない。先に出さないでよね」

オレも負けずに、マユミの花弁を下着の上から探る。「ジュルッ」と音がするほど、そこはもう湿っていて、たちまち下着に大きなシミが広がる。

「マユミのヌルヌルのココに比べたら、オレのはまだ半勃《はんだ》ちだよ」

「そんな見栄張ったりしていいの……あ、ホント、凄《すご》い！　何、これ？」

「『何、これ？』って言われてもなぁ。マユミのココだって凄いことになってるぞ。溢《あふ》れ出したエッチな汁が太腿《ふともも》を伝っていってるし、下着の上からでも分かるくらいに豆粒がぷっくりと大きくなってるし」

「いちいち説明しなくても分かってるわよ！　だって、しょうがないじゃない。アナタのこんな凄いモノ、入れられると思っただけでワタシ……」

立ったまま、オレたちは互いの性器を愛撫《あいぶ》し合う。時折、交わすくちづけは、不自然な体勢もあって余計に性感を高め、その先へと誘う。

先に音を上げたのは、マユミのほうだった。

「あぁん……もう……きて……」

「ん？　どこに行けばいいのかな、オレは？」

オレはもっとはっきりした言葉を要求するため、びしょ濡れ状態のマユミの花弁に指を突っ込み、愛液のジュースでも作るかのように掻《か》き回した。

「ヤダッ、あはぁっ……アナタのこの逞しいのを……ワタシのグチュグチュになったココに入れて……このままじゃあ、ワタシ、オカシクなっちゃうよぉ！」

　オレはマユミの服を完全に脱がせ、ベッドへと寝かせた。オレが自分の服を脱いでいるあいだも待ち切れないのか、マユミは指で自分の秘所を菱形《ひしがた》に開いて、オレの侵入ルートをナビゲートし始めた。

「ココよぉ……ワタシのココに早くぅぅぅ！」

「分かった。いくぞ……」

　オレのモノはマユミの膣内《ちつない》に入った。それは、まるで組み合わさることが前提だったようにスムーズに行われた。かといって、彼女のナカがユルいということではなく、オレの腰のスライドに合わせて膣内の壁全体が絡み付いてくる。

「ひゃう、はうっ、はぁん、何、これぇ……ヤダ、これじゃあ、すぐにも……そんなのって、くひぃっ……ダメェエエエ！」

　挿入するやいなや、あっという間にマユミはイッてしまったようだ。

「ハァハァハァ……ゴメン、あんまり気持ち良かったから」

「気にするなよ、女は何度だってイクことが出来るんだし。よっぽど良かったみたいだな」

「ウン……もう最高だった。御礼に今度はワタシが……」

　マユミは体を起こしてオレの上に乗る。そして、再びオレのモノを膣内におさめる。

「んはあっ！　……やっぱり、この体位ってちょっと恥ずかしいな」

「まるで、オシッコしてるみたいだから？」

「バカバカ、そんなストレートに言わないでよ！　だから、ワタシ、今まで騎乗位ってしたことなかったんだから……アナタが初めてなんだから」

その言葉通り、腰を動かすマユミの仕草はどことなくぎこちない。

だが、一度絶頂を迎えて敏感になっているせいで、みるみる腰の動きは激しくなる。

「あっ、あっ……どう、気持ちいい？　ワタシのほうはまた……あはあぁぁぁっ！」

口の端から涎《よだれ》を流し、自らの乳房を弄《いじ》るマユミの乱れようは、オレの腰を突き上げさせる。そして、大量の精の放出も……。

マユミと結ばれることが出来た。

マシンとのバランスも絶好調で、予選トップで初めてポール・ポジションを得た。

サーキットは、得意な高速コーナー揃いのシルビアストンである。

オレは、万全の状態でイギリスGP決勝を迎えたというわけだ。

ピット・リポーターのハワイアン和人への応対もいつもとは違う。

「調子は悪くないよ。ドライバーズ・ポイントもシューマッチ、彼一人の独走状態じゃあ、ファンの皆さんも面白くないでしょうから」

「おおっと、優勝宣言とも受け取れる、その言葉！　いやー、もう日本人のホコリって感じですね」

「ありがとう。応援よろしく頼むよ」

ハワイアン和人のいつものお調子者といった態度も、今のオレには「まあ、憎めない奴だよな」と余裕を持って見ることが出来る。

されど……『好事魔多し』、その言葉が真実を指しているのかは分からないが、オレに悪夢のようなトラブルが襲いかかった。

それは、レースが始まっての最初のピットストップのあとだった。

給油が済み、ロリーポップが目の前から消える。

ピットレーンを脱け出たオレは、ロスタイムも計算通りで快調にトップを走る。

が、複合第2コーナーの一つ目、マゴッツ・カーブにさしかかった時に感じた。

「マシンの左側か？　……何かおかしい」

迷った末に、オレはその周、再びピットへ。

オレの感じた違和感をスタッフに伝えると、少しして、もとこが言った。

「……左後輪ですね」

タイヤの脱着に時間がかかり、オレは順位を11位にまで落とす。

追い上げを開始し、28周目、この日の最速ラップを叩き出すが……、

「くっ！　何ぃ！」

34周目の最終コーナーで、又しても左後輪が外れ、吹っ飛んでいった。

そのままピットに戻り、左後輪をもらってコースに復帰したが、もうオレにはレースを続ける気は無くなっていた。

「……ピットに帰ります」

オレは、無線で監督のれいこにそう一言告げた。すなわち、リタイヤである。


レース終了後、まさひこの今期初入賞5位という結果にも、チームの雰囲気は暗かった。

その原因はオレの態度にある。自分でもそれは分かっていたが、今日の不運なトラブルのことを考えると、オレは苛立《いらだ》ちを隠せない。スタッフに対してストレートに不平をぶちまけることはなかったが、そのぶんタチが悪いのかもしれない。

「よおー、シンちゃん、アンラッキーだったたなぁ。まっ、こういう日もあるって」

いつも通りのまさひこの明るさが、妙に腹が立つ。

「オレっちなんて、やっとこさポイント取れたんだもんなぁ。これで来期のシート確保に向けて、首の皮一枚残ったというわけで」

オレは、声を荒げる。

「聞けよ、まさひこ！　オマエ、50周目にハンガー・ストレートでシューマッチに迫った時、何でもっと攻めなかったんだ！」

完全にヤツ当たりだとは思っていたが、オレの口撃は止まらない。

「まだほんの僅かだが、オレがシューマッチをポイントで抜くチャンスが……いや、そんなことよりもオマエ自身のためにも、あそこは攻めるところだったはずだろ！」

まさひこが少し冷めた目でオレを見る。初めて見る彼の表情だった。

「攻めていない……お前さんにはそう見えたのか。まっ、それはそれとしてだ」

まさひこはオレに対して、ぐいっと顔を近付ける。

「確かにオレっちは、このチームではナンバー2ドライバーかもしれない。だがな、闘志を見せない奴のサポートはご免だね」

「何ぃっ、どういう意味だ、それはっ！」

掴みかかろうとするオレを、後ろから聞こえた声が止めた。

「私も亜栗くんの意見に賛成よ」

いつの間に現れたのか、オレの後ろには監督のれいこがいた。

「リヤホイールのトラブルは片木野島くんの責任じゃないわ。でも、そのぁとの行動はいただけなかったわね」

オレの怒りの矛先は、まさひこかられいこへと移る。

「あんな危険な状態で完走しろって言うのか。メリットも無いっていうのに」

「メリットね……やはり、そんなことを考えていたのね」

れいこが、ため息をつく。

「このままではポイントも取れそうにもないから……それがレースを放棄した理由なのね。片木野島くんの走りが見たい、と思っている人たちに対して、それはプロとして失格よ」

オレは、れいこの言葉にショックを受ける。

プロ……プロフェッショナル……前に聞いた言葉だ。そう、マユミから聞いたんだ。

オレも言った……「それがキミの言うプロフェッショルなのか」と。

黙って、オレはその場から離れていった。

「マユミに偉そうなことを言って、オレのほうこそよっぽど……」

ポツリと洩らした自分の言葉に追いたてられるように、オレの足は早まり、やがて走り出していた。
今は、人のいない所に行きたかった。
今の自分の不甲斐《ふがい》ない姿を誰にも見られたくなかった。
特に、マユミには……。

Rd.5『クリッピング・ポイント』～ベルギーGP～

今年のF1／2もあと残り2戦だ。

ベルギーGPの行われる、スポーフランコルシャン・サーキット。

周りを囲む『アルデンヌの森』の風景が、オレの心を和ませる。

それで前回のイギリスGPでのオレの失態のことが、吹っ切れるわけではない。いや、それは吹っ切れては、忘れてはいけないのだろう。

とにかく、今は走るしかない。

ひたすらゴールのみを目指していた、レースを始めた頃の気持ちを思い出して。


イギリスでのオレとまさひこの諍《いさかい》いの影響で、ピット内の空気はピリピリとしている。

オレに対する扱いも、どこか腫《は》れ物に触れるような感じだ。

このままの状態でレースを迎えるというのは、非常によろしくない。

事態を招いた当事者としては、ここは何とか……ギャグでも飛ばして場を和ませるか？

それより、皆の前でまさひこと笑顔で握手でもして……それもワザとらしいか？

オレが思案に暮れている、その時だった。

「きゃあぁぁぁっ！」

絹を引き裂くような女の悲鳴！　ケイの声だ。

オレも含めてスタッフ数名は声がした方向を、それはトイレのある場所だったが、そちらに目をやった。

その方向から帽子を目深に被った一人の男が走ってきて、オレにぶつかった。

「おい、ちょっと、キミ……」

オレの呼びかけに返事もせずに、男は走り去っていった。

少しして、今度はケイが走ってきた。

「はぁ、はぁ……今、こっちにヘンな男が来なかった？」

「来たといえば来たけど……どうしたんだ？　それにさっきの悲鳴は？」

「撮られちゃったのよ！　ワタシの……アレを……その、つまり……」

オレとスタッフの興味津々の視線を浴び、ケイは言葉を濁す。

「撮られたって、何を？」

「何をって、その……ワタシのトイレしてるトコが撮られちゃったのーっ！」

どよめきの声がスタッフから上がる。

「ということは、じゃあ、さっきのヤツが羨《うらや》ましい……いやいや憎むべき犯人ということか……あれっ？」

オレは足下に何かが落ちているのに気付き、拾ってみる。

それはまさしくケイの盗撮写真だった。恐らく先程、犯人が落としていったのだろう。

そこには、レオタードを膝《ひざ》まで下ろし、中腰になっているケイの裸体が写っていた。

「絶妙のシャッター・チャンスだ！」

「これはたぶん、汚物入れの蓋《ふた》を開けた時にシャッターが切れる仕掛けですね」

「お前、ヤケに詳しいな。でも、ポラで撮るなんて犯人もマヌケだよな」

「今夜のオカズはこれで決まりだ！」

オレの肩越しに、スタッフの男どもが口々に勝手なことを言っている。その目が写真にクギ付けになっているのは言うまでもない。

「コラーッ！　ナニ、マジマジと見てるのよーっ！」

ケイがオレの手から写真を奪い取り、ビリビリに破って捨てた。

オレたちの口からは「アーー」と、如何にも勿体無いと言いたげなため息が洩れる。

散り散りになった写真のカケラを集めようとする者まで出てくる始末である。

「ちょっと、アンタたち、何を考えてるのよっ！」

プンプンと怒っているケイに、オレは心の中で感謝した。彼女には不幸な事件だったが、そのおかげでピットの雰囲気がイイ感じに変わってくれたのだから。

「まあまあ、ケイ、そんなに怒るなって……あっ、そうだ」

オレは自分の荷物からある物を取り出す。

「本当は来週の誕生日に渡そうと思ってたんだけど、ハイ！」

ケイに、プレゼントのバッグを渡す。

「これ、『クリスジャン・ディオーロ』じゃない。こういうの欲しかったのよー」

「これで少しは機嫌が直ったかな？」

「うん、まあ。だってさ、シンくんまでみんなと一緒になって喜んでるんだもん……ワタシの裸なら、ベッドの上でもう散々見てるでしょ」

ケイの言葉の後半部分は、オレにだけ聞こえるように小さく囁《ささや》かれたものだった。

「それはそうなんだけど、ああいう盗撮とかは又、違った意味でそそるものが……」

「な、な、何を言ってるのよ、このヘンタイ！」

ケイの平手打ちが、オレの頬《ほお》に手形を残すほど見事に決まった。


「お疲れさまでーす！」

せなが、いつものようにサーキットに顔を見せた。

初めの頃はともかくここまで来ると、せなの顔を見ないとGPが始まる気がしなくなってくるから、馴れとは悲しい。

「見てましたよぉ、さっき」

「えっ、何のことかな？」

「レースクィーンのヒトに、バースディプレゼントをあげてたトコ！」

ゲッ！　意外と目ざとい。

「いいなー、いいなー、うらやましいなー」

　せなは、「いいなー、いいなー」を連発しながら、オレの周りをぐるぐると回る。その意図は分かりすぎるほど明白だ。えーい、しょうがない！

「……じゃあ、キミの誕生日の時にも何か考えるよ」

「えっ、ホント？　ワ～イ！　でも何か催促したみたいだったかなぁ」

　あれが催促じゃなくて何だったんだ？

「あ……でも、アタシのバースディ、先月の7月4日だったんだ……ウソ～、あと11ヵ月も待たなきゃいけない」

　はしゃいでいたせなは一転、シュンとなる。

「11ヵ月っていうとぉ、あとあと330日、正確に言うと、え～と……とにかくそんな遥か未来のことなんだぁ。アタシの予定では、その頃にはもうアナタとの間にカワイイ赤ちゃんが生まれているはずなのにぃ」

　こら、こら、何だ、その赤ちゃんってのは！

「よ～し、こうなったら赤ちゃんの誕生日もアタシと同じ日にしてやる！　そのためには、え～とぉ、10月10日だから……」

　一人勝手に妄想に浸るせなの暴走に歯止めをかけようと、オレはつい言わなくてもいいことを口にしてしまう。

「じゃあ、プレゼントの代わりといったら何だけど、いつか時間が空いた時にデートでもしようか？」

「で・え・と？　今、デートって言いましたよね？」

マズイ！　せなのオレを見る目が、女の子のそれから獲物を見つけた肉食動物のそれに変わっている。

「ヤッタ〜！　え〜と、それじゃあ……」

せなはポケットからケータイを取り出すと、どこかに電話し始める。

「……あっ、アタシ……マイ・ダーリンの信悟之介さんの……そう、今週の予定はどうなってるのかなぁ……そう……ウン、分かった。ありがとう。じゃあ」

マイ・ダーリン？　何のことだ？　いやいや、それより、せなは一体誰に電話を……？

「では、デートは次の日曜日ということでぇ、16時にホテルの玄関で待ってますから」

電話を切ると、せなはいきなりデートの期日を指定してきた。

「ちょっと待ってくれよ。急にそんなこと言われても」

「え〜っ、その日のその時間は何の予定も入ってないはずですよぉ。違いますかぁ？」

「うっ……確かにそうだけど」

オレが言いよどんでいる隙《すき》に、せなは走っていってしまった。

「約束ですからねぇ！　さぁて、何、着ていこうかなぁ。楽しみ、楽しみぃ！」

こうして、うやむやのうちに、せなとのデートが決まってしまった。

「でも……せなはどうやってオレの予定を知ったんだ？　さっきの電話の相手はチームの関係者か、それとも……」

結局、デートの時にせな本人に確かめてみようということで、オレは納得した。

「ん、あれは……？」

オレは視線の隅にチャイナドレス、つまりミンファの存在を確認した。

ミンファは、いつものようにオレを見つめていなかった。何やら片手に持ったケータイをぼんやりと見ている。チャンスだ！　オレは彼女にゆっくりと近付く。

「あの、ミンファさん」

「えっ、いつの間に……！」

いつものように逃げ出そうとするミンファに、オレは計略とも呼べない古臭い手を使う。

「あれっ、ミンファさんの肩に蜘蛛《くも》が……」

「えっ、雲？」

ミンファは空を見上げる。ウーン、これ又、古典的なボケだ。

「いえ、空の雲じゃなくて、生きている蜘蛛のほう」

「生きているって……？　いやぁぁぁーっ！」

オレの蜘蛛がいるという嘘《うそ》に、ミンファは呆気《あっけ》ないくらいあっさり引っ掛かった。余程、蜘蛛が苦手なのか、「クモ、クモ、クモ……」とうわ言のように連呼し、取り乱す。

「大丈夫ですよ、もう蜘蛛は取りましたから」

オレはミンファを安心させてやる。ついでに、肩なんかもしっかり抱いていたりする。

「あ、ありがとうございます……あっ！」

肩に置かれたオレの手に気付いて身をこわばらせるミンファに、オレは告げる。

「レイ・ミンファさん。今日こそはキミが何者なのか、オレを何故監視し、そして避けようとしているか、話してもらいますよ」

「そ、それは……」

ミンファは顔を赤らめ、恥ずかしそうにしている。今日こそはそれに気を取られないぞ、と気を引き締めながらも、やはりどこかドキドキとしてしまう。

「……私が貴方の……信悟之介サマの大ファンだから……です」

「へっ？」

それは、見たまんまというか、それだけに意外なオチだった。

「ファンだったら、別にオレのことを避けなくても」

「私、昔から好きな人を目の前にすると、恥ずかしくなって逃げ出してしまうんです……今も胸が激しく高鳴っています。ほら、このように……」

ミンファは、オレの手を取って自分の胸に重ねさせた。

その行動から見ると、ミンファが小心なのか大胆なのか、よく分からない。手の感触から、彼女の胸がとても魅力的なのは良く分かったが。

「あっ、私ったらなんてことを……すいません、こうして信悟之介サマと話をしているだけで、もうどうしたらいいのか分からなくなってしまうんです」

「大体、話は分かったけど、キミが嘘をついていないという保証は無いしな……そうだ。とりあえず、キミの連絡先が分かれば……」

何のかんの理由をつけて、ミンファの電話番号を聞き出そうというわけだ。これもこの数ヵ月の成果か、オレも随分と人が悪くなったもんだ。

「えーっ……ということは、私のところに信悟之介サマが直々に電話をかけてくださるという可能性も……そんな夢のようなことが……ああ、信じられませんわ」

オレのことを『信悟之介サマ』と呼ぶこととといい、この大袈裟《おおげさ》な喜びようといい、ますますミンファのことが分からなくなってしまうオレだった。


日曜日は、せなとのデートの日だ。

「おっ待たせしましたぁ～っ！　せなちゃんで～す！」

ロビー中に響き渡る元気な声を張り上げ、せながやって来た。

オレは馴れていたが、そうでない周りの人は驚いてこちらに視線を集める。

「せなちゃん、元気なのはいいけど、公共の場ではもう少し静かに、ね」

「ハ〜イ！　わっかりましたぁ！」

全然、分かっていない。

「あれっ、せなちゃん、前に日本で見た時と同じ服だね」

「これでもぉ、せっかくのデートですから、いろいろ悩んだんですよぉ」

「そっ、そうなの？」

「アタシはぁ、白のウェディング・ドレスがイイかなぁって思ったんですけどぉ、パパが、『それはまだ早いだろう』って言うから、ここは初心に帰ってみましたぁ」

デートに、ウェディング・ドレスとは……せなの発想は並外れてブッ飛んでいる。それにしても、パパというのは……？

「パパって……一緒にベルギーに来てるのかな？」

「ううん。電話で聞いたの。だってぇ、アタシは今、パパとケンカ中なんだも〜ん」

「ケンカ中っていうと……」

「そんなことより、デートに出発で〜す！」

せなはオレの手を引っ張り、外へとスキップしていく。

オレは、まるで彼女の保護者にでもなったような気分だった。

オレたちは、名所と言っていいのだろうか、世界で最初に出来た『小便小僧』を観光しに来た。

「世界で最初ってことはぁ、キャラクター商品の元祖ってわけですかねぇ」

「まあ、そういうことかな」

せなは、小便小僧の股間《こかん》のある一点をじーっと見つめる。

「あの……せなちゃん？」

せなの顔はその部分へとどんどん近づき、何かしでかしそうな雰囲気すら漂う。

「ウ～ン、オシッコの出が悪いですねぇ。それにぃ、この大きさじゃあ女の子は満足しませんよねぇ」

「ちょっ、ちょっと、せなちゃん、何言ってるんだよ」

「あ～～～、その慌てぶりは……まさかアナタのもこんなんじゃあ……」

せなは、今度はオレの股間の辺りに疑惑の眼差しを送ってくる。

周りにいる他の観光客がクスクス笑うなか、オレはせなを強引にこの場所から連れ出していった。

次に来たのは、デパートだ。

「ヤダァ、これダッサァ……やっぱ、こっちかなぁ、それとも……」

せなは、オレの前にとっかえひっかえ服を持ってきて、次々と合わせていく。ほとんど、着せ替え人形並みの扱いだった。

「別に服なんてサイズが合って機能さえ果たしてくれれば、それで……」

「ダ～メ！　一流のレーサーだったら、まず私服からビシッと決まってなくちゃいけないの！　世界中のヒトたちが見てるんだからね」

「そうかなぁ」

「それにぃ、奥さんとしてはダンナ様に恥ずかしいカッコウさせられないしぃ。キャハ！」

おいおい、『キャハ』じゃあないだろ、『キャハ』じゃあ……。


最後は、やはりレストランだ。

「ベルギーといえば、やっぱりワッフルだよね、せなちゃん」

「それって、そのまんますぎ～。ベルギーのヒト、怒っちゃうよぉ。日本といえば、フジヤマ、ゲイシャ、ハラキリってのとおんなじだよぉ、それって」

「そんなこと言いながら、せなちゃん、腕まくりしているみたいだけど……」

せなは、「さあ、食べるぞぉ」といった意気込みが満々だった。

「てへへへ……それはそれだって。でも、これでもし美味《おい》しくなかったら『てやんでぇい、こんなモン食えるか、チクショーめ』って、テーブルごとひっくり返しちゃうからね」

「そんな、乱暴な」

「だって、アタシ、江戸っ子なんだも～ん」

せなの「自分が江戸っ子だ」という発言を切り口に、オレは彼女の素性を探っていこうと試みる。

「ふーん、せなちゃんって江戸っ子なんだ。じゃあ、お父さんとかは何をしているのかな？」

「ハグハグ……ん？　ふぁんかひった？」

せなはもうワッフルをパクついている。今のは「何か言った？」と言ったようだ。

「いや、だから、せなちゃんのお父さんはどこかの社長さんか何かかなと思って」

「ゴクン！　どうしてぇ？」

「だってさ、せなちゃん、ＧＰが転戦するたびに付いてきているだろ。これって、ウチがお金持ちじゃないと」

「分かんないよぉ。もしかしたら、ＴＶ番組の企画とかで『Ｆ１／２ＧＰ、全て付いていけたら、１００万円』とか『電○少年的Ｆ１／2縦断の旅』とか、かもしれないよ～」

適当なことを言って、せなはこちらをはぐらかしてくる。ここはオレ流、つまりストレートに聞いていったほうが良さそうだ。

「ズバリ言うとさ、せなちゃんのことをもっと知りたいんだよ。その……分かるだろ？」

「え〜っ、ヤダぁ、エッチ！」

「いや、そういう意味じゃなくて」

「でもぉ、ママが言ってたもん。『女はミステリアスなほうが良い』って。それに、そんなこと、ど〜せ結婚すれば分かっちゃうことだしぃ」

ゲッ、又、それか。ここは、せなの思い込みという誤解を解くのが先のようだ。

「ちょっといいかな、せなちゃん」

「ん、どうしたの？　わっ、もしかしてぇ、プロポーズだったりして。ワクワク……」

「少し黙って、オレの話を聞いてくれるかな」

「ハ〜イ」

オレは意識して、ことさら真剣な表情を作る。

「せなちゃんがこんなオレのことを好いてくれているのは、とっても嬉しいんだ。オレだって、せなちゃんの明るい笑顔にどれだけ励まされてきたことか。正直、オレもキミのことが好きになってきたんだと思う」

せなは、目をつぶって静かにオレの話を聞いている。

「でも、それが即、結婚とかに結びつくわけじゃない。今のオレはF1／2昇格1年目で、そういったプライベートな問題を背負う余裕は無いんだ……ここまでの話は分かってくれたかな？」

せなは、黙ってコクリと首を縦に振った。

「キミがどうしても結婚を前提にしたお付き合いというのかな、そういったものを求めるんだったら、オレはその期待には答えられない。でも……そんな優柔不断な態度のオレでも良いって言ってくれるんだったら……」

せなが、コクリコクリと何度も首を縦に振る。

くーっ、せなちゃん、キミはなんてイイコなんだ。

思わず感激してせなの手を握ろうとしたオレの耳に、それは聞こえた。

「クカ～、スピ～、ムニャムニャ……」

せなの気持ち良さそうな寝息だった。

はしゃすぎて疲れたようで、せなはイスに座ってこっくりこっくり船を漕ぎ出していた。

「じゃあ、もしかして、さっき首を縦に振ってたのも……」

オレの呟《つぶや》きに、せなが寝言で答えた。

「ムニャ、そう、お腹一杯……」

まさか、こんな状態のせなを自分の部屋に連れ込むわけにはいかない。何とか聞き出した宿泊先のホテルへと、オレは彼女をおんぶしていく破目になった。

「よいしょっと！」

ずり落ちてきたせなの体を再び、背中の上に背負い直した。

せなの顔が、オレの頬にくっつきそうなるまで迫ってくる。

「……意外とまつ毛が長いんだな。それに……」

すっかり安心しきったせなの寝顔を見ていると、頼られる喜びのようなものを感じる。

そして、先程、レストランで自分の言った言葉を思い出す。

「あの時は何となく言ってしまったんだけど……いつのまにか好きになっていたんだな、このコのことを」

チュッ！

オレは、せなの頬に触れるか触れないかといったくらいの軽いキスをして、又、歩き出した。

しばらく歩いて、ようやくせなの宿泊先に辿り着いた。

そのホテルは、明らかにオレの泊まっているものよりもワンランク上だった。

「……ごくろうさまでしたぁ！」

ぴょんと、せながオレの背中の上から飛び降りた。

「せ、せなちゃん！　起きてたの？」

せなが「へへへ……」と笑う。

「実はぁ、そうなのでした〜！」

「そうなのでした、って……それで、いつから目を覚ましていたのかな？」

「それはぁ……ナ・イ・ショ！」

そう言って、せなはオレが彼女にそうしたのと同じ側の頬にキスしてきた。

「…………！」

「じゃあ、おやすみなさ～い」

せながホテルに入っていく時に最後に見せた微笑は、いつもの無邪気なものではなく、何か含みを持たせせた……そう、女のものだった。


せなとのデートのおかげか、オレは緊張とリラックスが程よくミックスされた状態で、レース予選に挑戦する。

更に、援軍の登場だ。

「ハーイ、シン！」

オレの名をそう呼ぶのは一人しかいない。ピットを訪れてきたのは、ジューンだった。

周りにいるスタッフが驚きでざわめく。オレもジューンにどう対応するか、迷う。

「えーと……今日は猫のダディはお留守番かな？」

「ダディにはフラれちゃったわ。アイツったら、アメリカで可愛いメスネコちゃんを見つけて駆け落ちしちゃったの」

ジューンが艶《いろ》っぽく笑みを見せる。

「ウフフフ……だから、今度のダディはしっかり見張って捕まえておくことにしたの」

まるで猫のように、ジューンはオレに体をすりよせてくる。

「お、おい、みんな見てるって……いいのか？」

「あら、そんなの構わないわよ。それよりも、逃げられたり浮気されたりするほうが大変だもの。ねっ、そうでしょ？」

ジューンの目が全てを察しているかのように、妖《あや》しく光る。

もとこやケイやマユミがこの場にいなくて良かった……って、いやいや違う！　これぞ男の甲斐性《かいしょう》ってもんだ。そのためにも、オレは頑張らねば！


予選でのポール・ポジション争いは、オレとシューマッチの間で争われた。

先手をシューマッチが取ると、次に出ていったオレはまず1000分の1秒単位まで同じタイムをマークし、2度目のアタックでは逆転に成功した。

そして、今また目の前でシューマッチがそのタイムを抜き返した。

「さすがだな……よし、オレも」

再度逆転を狙《ねら》ってコースに出たオレの前に、セッション中断の赤旗が待っていた。どうやら、誰かがクラッシュでもしたらしい。

シケインに入ったオレは、観客席にかかった垂れ幕を見つけた。

『らぶらぶ　ぷりてぃ〜　信悟之介！』

そう書かれた垂れ幕の近くには、当然、手を振るせなの姿もある。

あまりの恥ずかしい言葉に、日本語で書かれていて良かったと思いつつ、せなの期待に答えようとオレの戦闘意欲は高まる。

セッション再開！　チェッカー・ラップ寸前に最後のアタックに入ろうと、オレはシケインをゆっくり立ちあがった。

そこへ、ダートを突っ切ってコースに戻ってきたほかのマシンが目の前でスピン！

「ちぃぃぃぃっ！」

オレもそれをかわすために、スピンを喫してしまった……。

予選の結果はそのまま、オレの2位で終わった。

不運ではあったが、これもレースだ、とオレは思った。

そして、シューマッチとの決着は決勝でつける、と。


ベルギーGP決勝当日、天候は曇り。

スポーフランコルシャン・サーキットは標高400mほどの山あいをぬうように設計されているため、天候も変わりやすくコースの各所でそれが異なる場合もある。これが名物で『スポ・ウェザー』と呼ばれている。

「まずはドライでいくとして、問題は途中のタイヤ交換ね」

監督である、れいこが眉間《みけん》にシワを寄せて呟いた。

「ピットに戻ってきたら、すぐに状況を報告してくださいね」

メカニックである、もとこが心配そうに告げた。

『スポ・ウェザー』対策にスタッフは思考錯誤を繰り返している。ブリーフィングの際に漂う、この重苦しい空気を変えようと、オレは口を開く。

「まあ、対策を考えるのはいいけど、あんまり悩んでもしょうがないさ。天気なんて、それこそ『神のみぞ知る』ってやつだっちゅーの！」

「おいおい、シンちゃんよ、オレっちの得意なフレーズを取るなっちゅーの」

まさひこのフォローもあって、スタッフからも笑いが洩れる。

そして、オレは付け加えた。

「みんな、このあいだは済まなかった……もうあんな消極的な走りは絶対にしない。そして、シーズンが終わったあとには、あれも笑い話になるようにオレは結果を出して見せる」

1コーナーでのクラッシュから、波乱のベルギーGPは幕を切った。

セーフティーカーの先導が終わり、そして17周目、遂に雨が降り始め、先頭からそれぞれ形成されていた集団、そのオーダーが次々と崩れ始める。

曇り↓雨↓曇り↓雨……と天候が変化していくなか、路面のほうも、ドライ↓ウェット↓セミウェット↓ウェット……と様相を変える。

タイヤ交換に手間取るチーム、滑りやすい縁石にタイヤを乗せてスピンするマシンなどのアクシデントで順位は激しく入れ替わっていく。

この混戦の最中、オレはタイヤ交換のタイミングを図る。ルーレットの次の目を決めるように、細心に、そして大胆に。

シューマッチのピットでのロスタイムが長い……何かミスったか？

いち早くレインタイヤに履き替え、ピットを出たオレのマシンは今日初めてのトップに立った。

レースも残り20周あまり。あとは今の位置をキープするだけか。

否！　今のトップはオレの力量がシューマッチを上回ったからではない。彼は又、きっと追ってくる。そのためには……。

オレは今は存在しない、前を走るシューマッチの影に向けて攻め続ける。

第1コーナーの『ラ・スルス』を抜ける。急激な下りストレートを下りきった地点にあるのは、トリッキーな左右のカーブ、通称『オー・ルージュ』だ。

そのあとが急な上り坂になっているため、まるで谷底に転落していくような『オー・ルージュ』の感覚は、ドライバーのハートが試されるとも言われている。

「試してもらおうじゃないか、オレの度胸を！」

オレは、アクセルをベタ踏みで突っ込んでいった。

……結果的に見れば、オレの判断は間違いだったと言われるだろう。

『オー・ルージュ』のクリップを過ぎたオレの前に、テールを振り出し、スピンした周回遅れのマシンが姿を現した。

接触を避けきれなかったオレのマシンもスピン！　タイヤバリアに当たったマシンは、コース上を独楽《こま》のように回ったあと、ストップする。

それで、オレのベルギーGPは終わった。

リタイヤは残念だったが、攻める意志を持ち続けると決めたオレに後悔はなかった。

マシンを降りたオレの体に、雨が当たる。その冷たさも今は、前回のレースでのモヤモヤを洗い落としてくれるように思え、心地良かった。


レースが終わったあとのサーキット。

人のまばらになった観客席で、雨に打たれるせなの姿を見つけ、オレは駆け寄っていく。

「うぇぇぇ～ん……雨はリタイヤしちゃうし、アナタは降り続けるし……」

「それを言うなら逆だろ。雨は降り続けていて……えっ！」

せなは泣きながらも、例の応援の垂れ幕に染み込んだ雨の水を懸命に絞り取っている。

この雨の中では全くの無駄に見える、せなの行為、それをひたすら続ける彼女の姿に、オレは胸を締め付けられるような思いだった。

「せなちゃん……もういい、もういいんだ」

オレは、びしょ濡《ぬ》れのせなの体を自分の体で包むように抱きしめてやった。


シャー……。

せなは、今、シャワーを浴びている。

パドックに、とも思ったが、迷ったあげくにオレは自分の部屋にせなを連れて来ていたのだった。

部屋の中には、乾かすためにと彼女の服が干してある。

オレの視線は、自然とヒラヒラと揺れるブルーの可愛い下着に集中する。

バスルームから聞こえるシャワーの音が加わり、イケない想像をオレに起こさせる。

イカン、イカン！　こんな時にオレってヤツは。色即是空、空即是色……。

カチ、カチ、カチ……。

頭の中の煩悩を追い払おうとするオレの耳に、置時計の時を刻む音がまるで自分の鼓動のように聞こえる。

「あれっ、そういえば……」

せながバスルームに入ってから、もう1時間くらいたっている。もしや、風呂の中で、のぼせているとか……。

オレは、バスルームの扉越しにせなに声を掛ける。

「あの……せなちゃん……大丈夫？　のぼせたりしてないかな？」

中から返事は返ってこない。その代わりに……。

「あ……あん……ふぅ……」

シャワーの水の音に混じって聞こえる、これは！

「あはぁん……アタシったら、こんなトコで……でも、感じちゃうぅぅぅ！」

よく耳を澄ますと、ピチャピチャという指を動かす淫《みだ》らな音も聞こえる。

間違いない。せなは一人エッチをしているのだ！

幸いにも先程のオレの声はせなには聞こえていなかったようで、彼女の行為、今は声しか聞こえてないが、それは激しくなっていく。

「ひゃうん！　オッパイの先もこんなにツンとなってるぅ……アソコのヌルヌルもいつもより多いみたい……これもアナタが壁の向こうにいるから……あはぁん！」

『アナタ』という言葉に、盗み聞きがバレたのかと一瞬ヒヤリとする。しかし、そうではないようだ。ということは、つまり、せなはオレをズリネタに……おっと失礼、自慰をする時の想像の対象にしているというわけだ。

「ハァ、ハァ、いつもここでアナタも裸になってるんだ……くふぅっ！　何かスゴイ……そんなトコでアタシもオナニーしてるなんて……」

ズボンの下から、オレのモノが「早く出してくれ！」と悲鳴を上げる。

「あ、クリちゃんもピクピクしてるぅ……気持ちいいよぉ、指が止まらないよぉ……この指がアナタのだったら……ううん、アナタのオチン○ンだったらっ！　あはぁぁぁん」

こんな言葉を聞いて我慢できる男がいるだろうか？　いや、世間一般のことはどうでもいい。今のオレには我慢できないのだぁぁぁっ！

神業の如く瞬時に服を脱ぎ捨てたオレは、バスルームの扉を開ける。

「せなちゃん！　お待たせしましたー！」

「えっ？」

せなは立ったまま、片足をバスタブの上に上げて、自分を慰めていたようだ。体をこちらに向けていたため、彼女の秘所はオレの前に突き出されるように丸見えだった。

「やぁぁぁんっっっ！」

甲高い声がバスルームじゅうに響き渡ったと思ったら、せなのぱっくりと開いた秘所から「ぴゅっ、ぴゅっ」と白濁した液が吹き出した。

……もしかして、イッたのか？

どうやらそのようで、ペタンとバスタブの中に腰を落としたせなは、ハァハァと息を乱しながら、トロンとした目になっている。

「あの〜、アタシィ……アタシィ……」

少しずつ、せなのなかに羞恥心《しゅうちしん》が蘇ってきているようだ。

「せなちゃんのイクところ、とっても可愛かったよ」

「ホ、ホント？　こんなエッチなコ、キライにならない？」

「そんなわけないだろ。見てごらん」

オレは、自分の股間のモノをせなの顔の前に突き出した。

「うわっ、ウソっ！　こんなに大っきくなってる！」

「あの『小便小僧』のとは大違いだろ。実際に確かめさせてあげるよ」

ベッドへと運ぶため、オレはせなの体を抱え上げた。

ベッドに寝かせたせなの濡れた体の隅々をタオルで拭いてやる。ある一部分を除いて。

「ココだけは拭き取れそうもないね。ナカから次々と溢《あふ》れてくるし」

せなはベッドの上で仰向けに、そう、赤ちゃんがオシメを取り替えさせられる時のようなポーズを取っている。勿論、オレのリクエストだ。

「イヤ〜ン……だってぇ、アナタに見られてるって思ったら、アタシ……」

「見るだけでいいのかな？」

「ううん、さわって、クチュクチュしてぇ……それに、なめて……ペロペロしてぇ！」

絶頂に達した姿をオレに見られていることもあって、せなの要求はこちらが恥ずかしくなるくらいにストレートだ。

それに答えるべく、オレはせなの股間に咲く一輪の淫靡《いんび》な花弁を掻き分け、指をナカで遊ばせる。それだけでもう愛液の量は増し、クリトリスも膨れ上がる。

「ひゃうぅぅぅん！　気持ちいいっ！　もっと、こすってぇ～！」

「凄《すご》い乱れようだね。まさか、クスリでもやってるんじゃあ……」

「ちがうよぉ……アナタが大好きだからだよぉ……大好きなヒトにしてもらうのって、スゴ～ク、気持ちいいんだからぁ……！」

『大好き』と言われたお返しに、オレはせなの唇を奪う。

「……唇へのキスはまだだったよね。挿れる前にしておかなきゃな」

「ウン、嬉しい……いいよ、もう、アナタのその……挿れても」

オレはうなずくと、せなの腰を軽く持ち上げた。そして、ヒクヒクと蠢《うごめ》く彼女の花弁に、ドクドクと鼓動を打つオレのモノを挿入する。

「あぁぁぁっ！　んう……」

せなはバージンではなかったが、その膣内《ちつない》は恐ろしく狭い。それでいて、何もせずにも

子宮の奥へと誘い込むように膣壁がうねるのだから、名器といっていいのではないか。

「……ゴメンね、初めてじゃなくて……でもぉ、お尻のほうはまだバージンだから、そのうちもらってね」

オレは「おいおい」と思いつつ、体のほうは正直だった。

「はうっ！　スゴ……アナタのオチン○ン、アタシのナカでまた大っきく……くぅぅん！ダメェ、気持ちよすぎちゃう……ひぃぃぃいっ！　はぁぁぁん！」

早くも今夜2度目の絶頂へと向かいつつある、せな。

オレも同様に、自分のモノに射精が訪れる予感を覚える。

そして、今夜は1回出しただけでは終わらないであろうという、別の予感も。

Rd.6『フラット・アウト』～日本GP～

久しぶりの母国……オレは日本に帰ってきた。

「オヤジ……今回のは本場のラム酒だ。まあ、海賊気分で一杯、やってくれ」

オレは、墓石にラム酒をまるまる一本かける。

3年前に亡くなったオレのオヤジの遺言は、「おめぇ、世界中を飛び回ってるんだったな。それじゃぁ、みやげはやっぱり酒だな」だった。

それを守って、今のようにするのが、日本に帰った時のオレの習慣だった。

オレを12歳の時にカートに乗せて、その後の人生を決定させたオヤジだったが、プロのレーサーのオレには興味は無かった。

「イチから育てていくのが面白ぇんだよな。まっ、あとは、おめぇは好きにやれや」

そう言って、オヤジは新たなターゲットを探して、少年たちをカートに誘っていた。

『いずれ世界に羽ばたくであろう、あの片木野島信悟之介を育てた男』と自ら吹聴して。

「やっぱりよぉ、他人は難しいよなぁ。親がゴチャゴチャ口を挟んでくるしよぉ。おめぇ、早く孫、作れや」

亡くなる前まで口癖だった、その言葉を叶《かな》えられなかったのが、今は少し心残りだ。

ブッブーッ！

車のクラクションが寺の外から聞こえた。続いて……。

「信悟之介ぇ！　はよ、せえ！」

厳粛な墓地の雰囲気を破る声が飛んでくる。

オレは慌てて後片付けを済ませ、車の方へと走っていく。

「全く、お前は昔からトロいんやから。墓参りなんて、チャッチャッと終わらせるもんや」

「そんなこと言っても久しぶりなんだからさぁ、オフクロ……」

「『オフクロ』は止めぇ言うとるやろ。『お母はん』と呼ばんかい！」

車の中から威勢のいい声でオレを急き立てているのは、オレのオフクロだ。

18歳でオレを産んだオフクロは今年で42歳だが、年齢以上に気が若い。オヤジが亡くなって一人身になっても、その元気は変わらない。歳の離れた弟か妹が出来るのではないかと、ひそかに心配しているほどだった。

ちなみに、オフクロが乗っている車は、イタリアでプレゼント用に買った例のアレだ。

おみやげを催促するオフクロに、初めは香水を渡したのだったが、「ウチの好みの香水とちゃう」と断られ、結局、車を差し出す破目になったという次第だ。

「やっぱ、新車はええなぁ。せっかくやから、今日はドライブやな」

「オフク……いや、お母はん、オレ今日午後から用事があるって言ったはず……」

「アホッ！　何でアンタとドライブせなあかんのや」

「えっ？　ああ、そういうことか……だったら、そのボーイフレンドっていうか、その人と今度のオレのレースも見に来いよ」

「アンタ、分かってないなぁ。こんな大きな息子がいるって知られたら、ウチ、困るわ！」

これだから、オフクロには敵わない。まあ、オヤジが亡くなって、一人淋しく余生を過ごしてる、なんてのよりはマシだが。

最寄りの駅まで送ってくれたオフクロは、別れ際に無造作に新聞紙で包まれた物をオレに渡してくる。

「何、これ？　手触りからすると、何かのビンみたいだけど」

「アンタもいろいろ大変やろと思ってな。いわば、母心っちゅうやつや」

訳の分からないオレに、オフクロが「ニッ」と歯を見せて笑う。

「お母はんはぜーんぶ、お見通しや。アンタ、女、出来たんやろ」

「あ……いや、その……」

「一つ忠告しとくんやけど、女を甘う見たらあかんで。ほななぁ」

車を走らせていくオフクロを見送りながら、オレは考える。

「オレがレース一筋で彼女イナイ歴24年なのは、オヤジの影響だけでなく、あのオフクロの存在もあったのかな」

ザパーン！

飛びこみ台の下に水柱が立ち、飛沫《ひまつ》が飛び散る。

オレは、プールに来ていた。トレーニングのためではない。

「お待たせ致しました……あの、いかがでしょうか？」

水着に身を包んだミンファが、オレの前に現れる。

「良く似合ってますよ、その水着。時間をかけて選んだ甲斐《かい》があるってもんです」

オレは日本に帰国するとすぐに、ミンファをデートに誘ったのだった。

このデートには、いつもとは違う目的があった。

それは、せなとは違い、ミンファが単なるオレのファンだとは思えなかったことにある。せなもその背景は未だ謎だったが、ミンファに関してはその行動からして怪しい。まだ何か隠しているような気がする。ただの勘に過ぎないと言われれば、それまでだが。

「あの……どうかしましたか？」

「あ、いや、別に。そうだ、そろそろミンファの華麗な泳ぎを見せてくれるかな？」

「そんな……華麗だ、なんて言われると……」

ミンファをプールに誘ったのにも理由があった。

ここまでデートのあいだ、いくらオレが話しかけても、ミンファはぽーっとして「はい、はい」と返事をするだけだったのだ。

それはそれで少し嬉しくもあったが、ミンファの素性を探るという目的を考えると、余りよろしくない。

そこで、ミンファがふと洩らした「自分は昔、水泳でオリンピック候補にまでいった」という話を足がかりに、彼女をリラックスさせようとここに来たわけだった。

「……泳ぐのは本当に好きなんです。水に体を任せると何か安心できるような……」

「確かに少し凛々《りり》しく見えるなぁ。さっきまでとは別人みたいだ。普段、仕事をしてる時はどうなのかなぁ」

誘導尋問とまではいかないが、さり気なく話題を振ってみる。

「信悟之介サマ以外の人とは違うんです。職場では陰で『冷血女』呼ばわりされています し、前にヘッドハンティングの仕事をしている時は……あっ！」

ミンファは途中で気が付き、口を閉ざした。

「ヘッドハンティング？」

「いえ、あの……第1コース、レイ・ミンファ、行きまーす！」

慌てて、ミンファはプールに飛びこんでいった。

チッ、もう少しだったのに。

仕方なく、オレはミンファの泳ぎをプールサイドから眺める。

彼女の泳ぎはさすがに元オリンピック候補だけあって、見事なものだった。プールの水を身にまとったような彼女の滑らかな動きからは、どこか妖艶《ようえん》な印象も受ける。

オレも水になりたい！　それがオレの素直な感想だった。

食事のあと、まさか実家に連れていくわけにもいかず、オレは「もう少し話がしたい」と、ホテルの部屋にミンファを誘った。

「ゆ、夢みたいです、本当に」

ますます舞い上がるミンファは部屋に入ってからも、やれお茶でも入れましょうか、肩でもお揉《も》みしましょうかと、リラックスからは程遠い様子だった。

「まぁまぁ、ミンファ、とりあえず座って」

もじもじしながら、こちらをチラチラと見つめるミンファの視線に、オレまで落ち着かなくなってしまう。少し間を取ろうと、上着を脱いでハンガーに掛けようとして、オレはそのポケットにある物を思い出した。

そうだ！　あれをミンファに……。

「ミンファ、これ、良かったらもらってくれないかな」

オレがミンファに差し出したのは、オフクロに「いらない」と断られた、例のプレゼントの一つ、香水だ。

「えっ？　これは……知ってらしたのですか、今日が私の誕生日だったことを？」

又しても偶然とは恐ろしい。今日、8月29日がミンファの誕生日だったなんて！

「あ、まあ、うん……誕生日おめでとう、ミンファ」

「あ、ありがとうございます……それにこの香水、『シャンデリア』ですね。私の好みまで知っていらっしゃるなんて……」

ここまで喜ばれると、少し罪悪感を覚えてしまう。

「やはり信悟之介サマには隠し事は出来ないのですね。全てをお話します」

オレのことを過分に見ているミンファは、自分から素性を明かす。

ミンファの話では、彼女はウチのチームのメインスポンサーである『ゴロー・ワーク』から派遣された監査役だった。実際の業務はというと、スポンサーの提供した資金が計画以外に使用されていないか、チェックするということらしい。

「成る程な。でも、監査役って内密に進める仕事なんだろ？　その割りに、ここそとはいえ、よくサーキットに出入りしていたな、ミンファは」

「それは……もう一つ私には役目がありまして……あの、本多せな様のことはご存知ですよね？」

ギクーッ！　せなのことって……まさかオレと彼女との関係を知っているのでは……。

「実は……私は、せな様のお目付け役なのです。父親であるウチの社長と喧嘩《けんか》して信悟之介サマを追いかけていってしまった、せな様をお守りするという……」

そういえば、オレがミンファの視線をサーキットで感じた時には、いつもそこにはせなもいたな……待てよ、せなの父親が社長ってことは……。

「もしかして、せなちゃんは『ゴロー・ワーク』社長、本多五郎《ごろう》氏の……」

「はい、御令嬢です」

オレは、メインスポンサーの娘さんに手を出してしまったのか！　このことをミンファに知られたら、さすがにマズイよな。ここは平静を装わねば！

「そ、そうか。せなちゃんのウチがお金持ちだろうな、とは思ってたけど、まさかね。ハハハ……。ミンファも苦労するよな。オレのファンだとか偽ってまで、せなちゃんのお守りをしなければならなかったんだから」

「それは違いますっ！」

ミンファが急に大声を張り上げた。

「だって、せな様が信悟之介サマのことを知ったのも、もともとは私が紹介したのですから……そう、忘れもしません。私が信悟之介を初めて目にしたのは、あのフジヤマ・スピードウェイでのF２５００第１戦……」

ミンファは、オレの今までのレース戦歴を自分の思い出と一緒に次々と語っていく。その内容は、片木野島信悟之介マニアと言ってもいいものだ。

「それに……私がどれだけ信悟之介サマに心酔しているか、証拠もあります」

「証拠？」

いきなりミンファは、チャイナドレスの裾《すそ》をめくり上げた。

オレの目に、ミンファの下着につけられた大きなシミが、そして愛液が一筋ツツーッと太腿《ふともも》を伝っていくのが見えた。

「信悟之介サマとこうしてお会いしているだけで、私、濡《ぬ》れてきてしまうんです……そして、こんな浅ましい姿を見られていると思うと、今にもイッてしまいそうで……もうダメェ、はぁぁぁっ！」

ミンファの過激な告白に答える術《すべ》は、オレにはたった一つしかなかった……。

「ああっ……いいです……私の体は全て信悟之介サマのモノです。だから、どうぞ、お好きなように……ふあぁっ！」

オレは、ミンファの形良く美しい乳房にかぶりつき、情欲の猛りを主張するように尖《とが》っている乳首を甘噛《あまが》みしてやる。

「はぐぅぅぅっ！　嬉しい……もっとして下さい。私が信悟之介サマのモノである印をもっとぉおおっ！」

歓喜の涙で頬《ほお》を濡らし、体を仰け反らせるミンファの恥態は、オレの股間《こかん》のモノに力を与える。彼女もそれに気付いたようだ。

「すいません。私のほうがしてもらうばかりで……御奉仕させてもらってもよろしいでしょうか？」

丁寧な口調とは裏腹に、ミンファは大胆にオレのモノを口に咥《くわ》えていく。

「ん……ちゅぷ……んむっ……んはぁぁっ！　これが信悟之介サマの、なんですね。私は、ミンファは、これをずっと夢に描いていました……はむっ！」

蕩《とろ》けるような舌使いも最高だったが、それ以上に口から顎《あご》へと涎《よだれ》が伝っていくのを拭《ぬぐ》いもせず、美味《おい》しそうに夢中でほおばっているミンファの姿は、オレを暴発へと導いた。

どぷどぷどぷ！

「んくっ、んくっ……はぁー、さすが信悟之介サマの精液です。とても濃くって、こんなに一杯」

「そ、そうか……オレはちょっと一休みかな」

一息つくため、オレはベッドに横たわった。

「も、申し訳ありません、お手を煩わせてしまって。では、私のほうから……」

「えっ？　私のほうからって、ちょっと何を……うわっ！」

ミンファが圧《の》し掛かってきて、オレのモノを握り締めた。

「はぐっ！　ミンファ、まだ、それは回復してないから……」

「信悟之介サマは寝ているだけでよろしいですから」

そう言って、ミンファはオレのモノを自らの愛液を滴らせる秘所に挿入した。

「あうっ！　はぁぁぁぁっ……」

ミンファのザラザラした膣内《ちつない》のせいで、萎《な》えていたオレのモノにも力が蘇ってくる。

「あん！　はぁん！　はうぅぅっ！　どうでしょうか、信悟之介サマ。私のその……あの、オマ……オマ○コの具合は……はぁぁぁんっ！」

最初はゆっくりだった、ミンファの腰の動きに一定のリズムが刻まれるようになり、そこに生み出される慢性的な快楽は、受け身だったオレを変える。

「まだまだ、オレのモノはこんなもんじゃないぞ。それっ！」

オレはおもむろにミンファを抱きかかえ、腰の辺りまで持ち上げる。そのまま、彼女の体を貫く勢いでグイグイと突き上げていく。

「ひぎぃぃぃっ！　はうっ！　ひゃうっ！　こんなに奥まで……あああっ、壊れますっ！　私のオマ○コが壊れてしまいますぅぅぅっ！」

ミンファの口に舌を強引にねじ込ませ、そして囁《ささや》く。

「どうだ、ミンファ？　こういうのを望んでいたんだろう、オマエは」

「そうですっ！　その通りですっ！　私の……レイ・ミンファのオマ○コは、これからはもう信悟之介サマの専用です……ですから、これからも……あはぁぁぁぁん！」

ミンファの絶頂とオレの放出が同時に訪れ、オレたちは重なって床に倒れ込んだ。

天井を眺めながら、オレは乱れた息を整える。

少しして、ふと気付くと横にいたはずのミンファがいない。

「……信悟之介サマ、次は後ろからお願いします」

ベッドの上には、四つんばいになってオレを求めるミンファの姿があった。急かせるように彼女のお尻が左右に振られ、ベッドとの間に愛液の銀の糸が張られる。

今夜は眠れそうになさそうだ……。


快楽の夜が明けると、ミンファはいつもの彼女に戻っていた。

「あの……私のことは、くれぐれもせな様には内緒にお願いします」

無論、オレはそれに同意する。こんなことを話せるわけがない。

ミンファが帰っていったあと、オレはオフクロからもらった『母心』とやらのことを思い出した。

包まれている新聞紙を広げてみると、ビン詰めになった液体があった。

「おお、これは……嘘《うそ》か誠か、我が片木野島家に代々伝わる『秘伝・滋養強壮薬・鼻の油』ではないか！　オフクロも何を考えてるんだか……」

この時のオレは、それが後日必要になろうとは思いも寄らなかった。


「よおーっ、シンちゃん、やってるかー！」

テスト走行のために赴いたある日のサーキットで、まさひこがいつものように話しかけてくる。……いや、どこか、いつもよりニヤニヤしているような気がする。

「へっへっへ、聞きましたぜ、ダンナ。オレっちの情報網によると、ラブラブリーな彼女がいるらしいな」

「ま、まあな」

「っかあーっ！　ニクいね、この好色一代男！」

『彼女』か……まさひこは一体、誰のことを言っているのだろうか。オレの頭の中に『彼女』たちの面影が次々と浮かぶ。

「これもオレっちの教えの賜物《たまもの》だな。いっそう精進するようにな。カッカカッカッ！」

高らかに笑いながら、まさひこはオレから離れていく。

あの調子で言い触らさなければいいのだが。

「こんにちはぁ〜！」

声を聞いただけで分かる。遂に第1戦のイタリアGPからの皆勤賞達成の、せなだ。

ここは、オレが彼女の正体を知ったことを悟られないようにしなくてはいけない。

「やあ、せなちゃん！　いつもキレイだね」

「ん〜〜〜っ？　なんかいつもと違いますねぇ。変ですよぉ」

イカン！　馴れないことを言うもんじゃない。いきなり不信感を持たれてしまった。

「男のヒトは一度、体を許すと態度が変わるって、ママが前に言ってたけど……」

「ハハハ……何を言ってるんだい、せなちゃんは。ハハハ……」

ここはもう笑ってごまかすしかない。

「まあ、いいや……ニヒヒ……今日は良いもの、持ってきましたぁ。ジャ〜ン！　せなちゃん、お手製お弁当〜」

せなは、まるでどこかのネコ型ロボットのようにお弁当を差し出してきた。

「あ、ありがとう。あとで頂くとするよ」

「ちなみにぃ、今日のお弁当は、トロロかけウナギ弁当でぇ〜す！」

トロロにウナギ？　何か意図を感じるなぁ。

「明日は、ニンニクたっぷりの焼肉弁当でぇ……あさっては、ニラレバ炒めでぇ」

そんなに精をつけさせて、オレにどうしろって言うんだ！

ここは、いったん退却だ。オレは「弁当をモーターホームに置いてくる」と言って、この場から逃げ出していった。

「一心不乱なのはいいけど、せなちゃんにも困るよなぁ」

ぶつぶつ言いながら、モーターホームのドアを開けたオレの目に、中にいるミンファの姿が映った。何か黙々と繕いものをしている姿が。

「ミンファ！　どうして、ここに……？」

「お疲れ様です、信悟之介サマ。もうすぐ終わりますから」

「それって、もしかしてオレのモータースーツじゃぁ」

「あの、所々ほつれていましたので。これも日本語で言うところの……そう『内助の功』というものですわ」

ミンファの家庭的な一面は嬉しかったが、『内助の功』という言葉が少し気になる。

「あら、信悟之介サマ。その手にお持ちになってる物は？」

「あっ、これは、その……」

「ああ、その包んである布の柄は……せな様がお作りしたお弁当ですね」

「えっ？　どうして分かるの？」

「フフッ、私もお手伝い致しましたから」

ミンファの微笑がやはり気になる……というよりも、ちょっと怖い。

今日は、せなとミンファとの接触を避けたほうが無難かなと、オレはテスト走行を終わるとそそくさと帰り支度を始めた。

「あのぉ……信悟之介さん……もしかして浮気とかしてます？」

ピタリとオレの背後に張り付いて、そんなことを聞いてきたのは、もとこだった。

「も、もとこちゃん、何をいきなり、そんな……」

眼鏡の奥から疑惑の視線といった感じで、もとこがオレを見つめる。

「何となくそう思っただけです……それより、このあと付き合ってもらいませんか？」

「このあと？　ちょっと、オレ、用が……」

「いいですよねっ！」

オレは、「はい」とうなずくしかなかった。


もとこが誘ったのは、場末の居酒屋だった。

「……あの監督のヤツ、ゼンゼン分かってないんだから！」

店に入るなり、もとこは熱燗《あつかん》をグビグビ飲み始め、すっかりデキあがってしまっている。

相当、ウップンがたまっていたのだろう。それとも、オレのせいか？

「まーまー、もとこちゃん、落ち着いて」

「アンだと？　信の字！　オメーも最近、冷たいぞー。ドライバーとメカニックっていやあ、もうツーカーの仲なんよ！　オメーが凸ならアタシが凹ってとこだろーが。アハハ、ウマいこと言うね、アタシも」

もう手がつけられない。もとこが酒でこんなに豹変するとは思わなかった。

「だーかーら、アタシの凹を何とかしろってーの！」

もとこが強引にオレにキスをしてきた。酒臭い息が口の中に伝わり、ムードもへったくれもない。

「ぷはあっ！　よーし、信の字、次、いくぞーっ！　次は凹に凸を……」

その言葉を最後に、もとこはカウンターに倒れ込み眠ってしまった。

「やれやれ、せなちゃんに続いて、又、おんぶして送っていくわけか」

勘定を支払うと、言葉通りにオレはもとこを背負って、店をあとにするのだった。


もとこを彼女の部屋に届けて、オレは唯一の安息の地である、自分の部屋に向かう。

「えーっ？　おいおい、勘弁してくれよ」

オレの部屋の前には、ケイが仁王立ちして待っていた。

「遅ーい！　どこ、ほっつき歩いてたのよ！　まさか、女とじゃないでしょうね」

「ケイ……オレさぁ、今日いろいろあって疲れてて……」

「まぁ、いいわ。待たせたぶん、しっかりサービスしてもらうから」

もう何を言っても無駄だとあきらめ、オレは黙ってケイを部屋に入れる。

「ん？　バスルームから何か音が……？」

嫌な予感に苛《さいな》まれつつ、オレはバスルームの扉を開ける。

「キャッ！　もう、シンったら、レディの入浴中に失礼でしょ」

バスタブの中では、泡にまみれるジューンの姿があった。

「ジュ、ジューン！　どうやって、ここに入ったんだ？」

「フフフ、前にも言ったでしょ、このジューン・エルドラドに不可能は無いって。ま、種明かしをすれば、ホテルの人にシンのフィアンセだって言ったら、部屋に快く入れてくれたんだけどね」

「……ジューン・エルドラドじゃない！　何でここに？　それに、今のフィアンセってどういうことなのよ、シンくん！」

しまった！　すっかりケイがいたことを忘れていた！

オレは、とりあえずケイをバスルームから引き離す。

「どういうことなのか説明してくれるわよね、シンくん！」

女同士の鉢合わせ、この最も怖れていた事態に、オレはすぐに言葉が出ない。

「……あら、説明なんかいらないわよね、シン」

ジューンがバスルームから出てきた、それも一糸纏《まと》わぬ姿で。

「ちょっ、ちょっと、アナタ……少しは隠しなさいよ。恥ずかしいわねぇ」

「オー、私、まだ日本語、良く分からなくて……」

全身を包み隠さず、腰に手を当てて立つジューンは、ケイを一瞥《いちべつ》する。

「まあ、あなたのその体では恥ずかしいでしょうけど。フフフ……」

「くっ……英語は苦手だけど、ジューン、アナタが大体、何を言ったのか分かったわよ！」

「二人ともここは落ち着いて、オレの話を……」

ジューンとケイが、オレをジロリと目で威圧する。

「上等じゃない！　ハリウッド女優だかなんだか知らないけど、大和撫子《やまとなでしこ》のイジを見せてやるわよ！」

何と、ケイまで服を脱ぎ出した。おいおい、そんな大和撫子はいないぞ。

「これでどっちを選ぶか、シンくんに決めてもらえばいいわ！」

「フフッ、無駄なことだと思うけど。ねぇ、シン」

全裸の二人が、じりじりとオレに迫ってくる。

どうする？　どうする？　どうする？　どうすればいいんだーっ！

パキーン！

オレのなかで何かが弾《はじ》け飛んだ。

「えーい、こうなったら、二人まとめて相手してやるーっ！」

二人が戸惑う隙《すき》を与えず、オレは彼女たちをベッドに押し倒していった。

「ちょっと、シンくん……んはぁっ！」

「シン、私、３Pなんて……はうっ！」

オレは右手をケイの、左手をジューンのと、それぞれ秘所へと潜り込ませる。何も言わせまいと、濃厚なキスをジューンに、次にケイへと……。

やがて、オレの指が両手ともにヌメリを感じた時には、ケイとジューンは甘い吐息のデュエットを、それも二カ国後の音声多重によるものを奏でていた。

「シンくんのコレ、やっぱりスゴイ……コレが欲しかったの……はむっ！　ぬちゅ……」

「Ｓｈｉｎ'ｓ ｃｏｃｋ ｇｒｅａｔ！ ｎｎｎｎ…… Ｇｏｏｄ ｔａｓｔｅ！」

先を争うように、二人がオレの股間のモノを愛撫《あいぶ》する。そして……。


ふうーっ……今朝の太陽は黄色く見える。

ケイもジューンもいつのまにか部屋を出ていったようだ。やはり、アレの場合は女のほうが絶対的にタフだ。

オレの記憶では、二人を重ねモチにして交互に貫き、その狭間に放出したところまでしか良く覚えていない。あれから、何回、射精したことだろうか。

枕もとの電話が鳴る。

「あっ、もう起きてた？」

電話をかけてきたのは、マユミだった。用件は、10月からフリーになり、モーター雑誌でのコラムの連載も決まったという報告であった。

「すごいじゃないか。おめでとう」

「それでさぁ、いろいろと忙しくなるわけで……日本GPの予選までなかなか信悟之介と会えなくなると思うのよね。あのぉ、それで……」

マユミの言葉がそこで止まる。

少しして、何やら「クチュクチュ」といった水音が微《かす》かに聞こえてくる。

「……ハァ、ハァ、聞こえた？　ワタシのアソコの音。アナタが欲しくて、もうスゴク、エッチな気分になっちゃって。今晩、慰めてくれないかなぁ」

オレはすぐに返事は出来なかった。ただ黙って、オフクロの母心の賜物『秘伝・滋養強壮薬・鼻の油』をグイッと飲み干すのだった。


そのあとのオレのスケジュールは熾烈《しれつ》を極めた。

昼間はトレーニングなどに励み、夜は6人のうちの誰かと……といった調子だった。

「一体、オレは何をしているんだろう……」

そう疑問を抱くこともあったが、これもレーサーの宿命か、ゴールに向かって走り続けるのは止められない。今のゴールといえば、藤尾れいこに決まっている。

そして、とうとうその日がやってきた。

それは、日本GP予選の前日、プレスカンファレンスを終えたあとのことだった。

オレは、夕暮れの中、一人観客席でたそがれている、れいこを見つけた。サーキットをどこか遠い目で見つめる彼女にオレは近付く。

「……ねえ、私って間違っているのかしら」

顔はサーキットに向けたまま、れいこがオレに呟《つぶや》く。

「もしかして、又、もとこちゃんと激論ですか？」

「まあね……もとこはエンジンの機能性を、私は信頼性を、どちらを優先するかっていう、いつものアレよ……片木野島くんはどう思う？」

「それは、ドライバーとしてのオレに聞いてるんですか？　それとも……」

れいこが少し意外な顔をして、初めてこちらを見る。

「どういう意味かしら？」

「ドライバーとしては、監督の決定に従いますよ。でも、個人、片木野島信悟之介としては、もとこちゃんの修正案にも一理あるかと。信頼性のほうはオレの腕でカバー出来るでしょうから」

「そう……」

「もっとも、ここのところリタイヤ続きですから、あまり大きな口は叩《たた》けませんがね」

「ふふっ、全くね……ありがとう。少し考えてみるわ」

めったに見せないだけあって、れいこの微笑《ほほえ》む姿はとても魅力的に見える。

そして、それは今がチャンスだと、オレに教える。

「これ、数日遅れだけど、プレゼント。誕生日おめでとう、れいこさん」

オレはれいこに腕時計を渡す。確か、『オモティエ』の限定モデルだったかな。

「私の誕生日、知っていたの？　この歳になると、もう恥ずかしいから隠していたのに。

でも、こういう実用性のあるプレゼントなら大歓迎よ。それに丁度、この前……」

「……壁に当てて、壊しちゃってましたよね、いつもしていた腕時計」

「いやだ。見ていたの、あの時」

「いつも見てますよ、れいこさんのことは」

れいこが、ほんの少し頬を染める。よしっ！　このまま突っ走るぞ！

「どうですか、このあと食事でも一緒に？」

「お誘いは嬉しいけど、片木野島くん、明日は……」

「大事な予選を迎えるドライバーをリラックスさせるのも、監督の仕事じゃないかな」

オレの目を、れいこがじっと見つめる。

「何か……変わったわね、あなた」

れいこが初めてオレのことを、そう「あなた」と呼んだ。

食事は、れいこの薦める懐石料理屋となった。

「……れいこさんの今、食べてるその料理、美味しそうだね。一口もらえる？」

「もう、行儀が悪いわよ。あなたも同じもの注文すれば良いでしょ」

「そう言わずに……アーン」

オレは口を大きく開いて、れいこに要求した。

「ちょっと待って。私が食べさせるの？」

「うん、そう。アーン」

再び口を開いて待つオレを見て、れいこはため息をつく。

「しょうがない人ね。一回だけよ……はい」

「モグモグ……うん、なかなかイケる！」

「本当……変わったわね、あなた」

苦笑するれいこのまんざらではない反応を見て、オレは又一歩前進したような気がした。

オレがそう感じたことは間違いではなかった。

ホテルに戻ったオレたちが、エレベーターに乗り込み、先にオレの部屋のある階に止まった時に、それが分かった。

「じゃあ、れいこさん、おやすみなさい」

エレベーターを出ていこうとするオレの服の袖《そで》を、れいこが掴《つか》んだ。

「ん？　れいこさん？」

「……私って意外と寂しがりやなのよ」

遂に、れいこのほうから誘わせた！　その達成感に酔いしれながら、オレは答える。

「知っていたよ、れいこ」

そして、れいこがエレベーターから出て、オレの胸に飛びこんできた……。


「あの夜のこと、覚えている？　私があなたを拒んだ時のことを」

互いに唾液《だえき》を吸い合う淫靡《いんび》な音が部屋中に響くような、激しいくちづけの合間に、れいこはそんなことを聞いてきた。

「ああ、良く覚えている……忘れたことは無かった」

素直にそう答えながら、オレは一枚一枚れいこの服を剥《は》いでいく。

「正直に言うとね、あの時、あなたに抱かれてもよかった……いいえ、本当は抱いて欲しかったの」

「え……？」

れいこも甲斐甲斐しくオレの服を脱がせ、ズボンの上から股間のモノを刺激し始める。

その快感は、紐《ひも》を手繰るように穏やかで、それゆえにゾクゾクするものだった。

「私は歳上だし、監督という立場もあるし……あなたに抱かれてしまったら、離れられなくなってしまいそうで、怖かったの。でも、もういいの。これ以上、自分を誤魔化せない」

れいこは、オレの下半身をさらけ出させる。欲望の塊が、彼女の前に屹立《きつりつ》する。

「嬉しい、もうこんなになって……私を感じてくれているのね。もっと、立派にしてあげる、私の口で」

何の躊躇《とまど》いもなくノドの奥まで、れいこはオレのモノをすっぽりと包み込んだ。彼女の口腔内《こうこうない》の感触だけで、全身が麻酔をかけられたように弛緩《しかん》する。

「んむっ、ん……ぴちゃ、ちゅむ……はぁー、凄《すご》いわ、あなたのコレ。今までどれだけの女の子を泣かしてきたのかしら。今夜は私の番よ……はむっ！」

オレのモノを無我夢中で舐《な》めまくる、れいこ。

ひざまずく腰がもじもじ動き、絨毯《じゅうたん》に愛液の水たまりを作っている、れいこ。

普段の冷静で厳しい女監督、藤尾れいこの姿はそこにはなかった。

頭の隅でオレはふと考えた。

「れいこの気持ちがオレにあった。ということは、この数ヵ月の苦労は何だったたんだ」

すぐにその疑問に対する答えは出た。「無駄ではなかった」と。

れいこが言った。「あなたは前とは変わった」と。それが成長と呼べるものなのかは定かではない。だが、自分でも分かる、「オレは変わった！」と。

「……んはぁ！　出してもいいのよ。このまま顔にかけてくれても……」

れいこの言葉がオレを現実に引き戻した。そろそろ、オレも攻勢に出るか。

「それよりも、れいこ、下の口で味わってみたいんじゃないのかな」

「えっ？　あの……はい」

オレはワザと乱暴に、れいこの体をベッドの上に放り投げた。

「きゃっ！　もう、乱暴ね」

「ぐずぐずしないで、股《また》を広げろよ。オレのモノをぶち込んで欲しいんだろ」

オレの豹変ぶりに戸惑いながらも、れいこは恐る恐る足をMの字に広げる。

もしかして、サディスティックに責められるのが好きなのか。それならば……。

「ほぉー、歳にしては黒ずんでいないが、ビラビラのハミ出しは凄いな。その上にある、クリトリスも小指の爪《つめ》くらいに大きくなってるし……相当の好きモノだな、これは」

「そんなこと……いやっ、言わないで！」

れいこの秘所を品評するオレのあからさまな言葉に、彼女はまるで小娘のように恥じらい、顔を覆い隠す。似合わない仕草が逆に男心をそそる。

れいこのほうも、羞恥《しゅうち》の度合いに比例して、愛液の量も増え、粘度も増していく。

その液を彼女の秘所に広げるように、オレのモノをなすりつけてやる。

「あふうっ！　そんなことされたら、もう駄目になっちゃう……ちょうだい、あなたのを早く私のなかに……」

「監督なら、ドライバーへの指示は正確にお願いしますよ」

れいこはオレの首に手を回し、切なげに訴える。

「ハァ、ハァ……私のいやらしいオイルまみれになっているココに……」

「正確に、って言ったはずだぜ」

「意地悪ぅ……私のオ、オ、オマ○コに……あなたの逞《たくま》しい……オチン○ンを入れてーっ！　私のエンジンに火をつけてぇぇぇっ！」

「ＯＫだ、監督。いくぜ」

ゴーサインに従い、オレはれいこの股間のブラインド・コーナーへと突入した。

「はうあっ！　んんんんっ！　いいっ！　いいスタートよ、そのまま……」

れいこの膣内の高速ストレートを全開でいくよう、オレの腰の動きも高回転になっていく。

「あうぅぅぅっ！　凄すぎるっ！　私、おかしくなっちゃうっ！」

「分かるぞ。れいこの膣内も凄いウェット状態だしな。けど、今日のオレには、ピットストップは無しだぜ！　さて、ウイングを立てて、ダウン・フォースを得るとするか」

オレは宣言に従って、れいこの足を立たせて、更に深く奥へと挿入する。

「ひゃうっ！　こんなに気持ちいいの、レギュレーション違反よ、規格外よぉ！」

　腰の動きをピストンからグラインドに変え、オレはれいこの胸、首筋、頬とそこらじゅうに舌を這《は》わせ、キスマークを作っていく。

「だめ、そんな……みんなに分かってしまうわ」

「いいんだよ、これは契約書のサインなんだから。れいこがオレの専属だっていうことの」

「いいの？　そんなこと言って。私、信じちゃうからね……私があなたのものだって、私があなたの女だって……はぁん！　もうだめぇ、届いちゃう、奥まで届いちゃうのぉぉぉ！」

　オレとれいこは強く抱きしめ合った。そうせずにはいられなかったのだ。

　れいこの膣内もぎゅっと収縮し、そこを満たすように大量に精液を放出した……。

　絶頂の激しさに、れいこは半ば失神しかけてベッドに

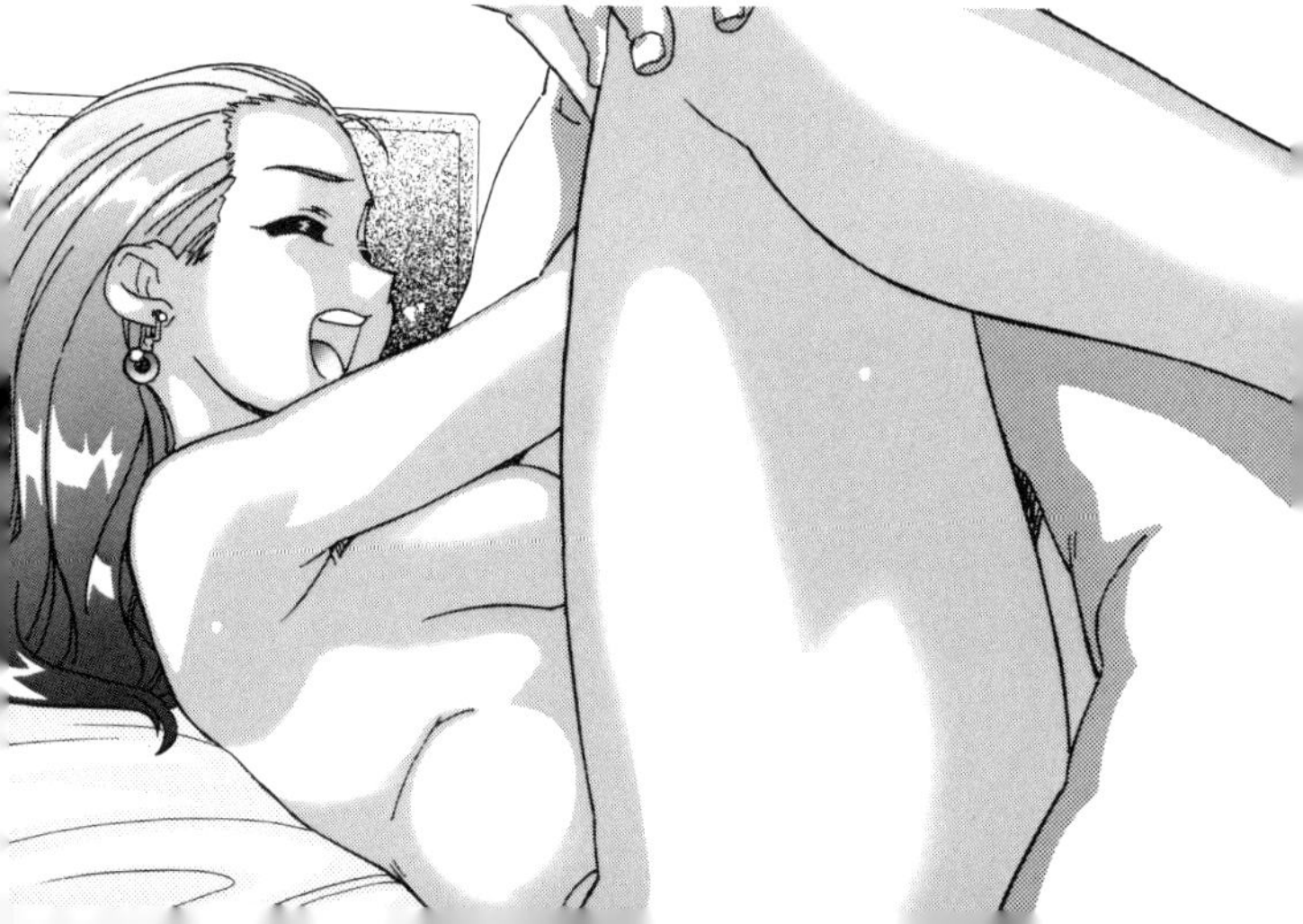

横たわっている。

オレは愛液と精液にまみれている自分のモノを、れいこの半開きになっている口のところへと持っていく。そして、乳飲み子に乳をやるように優しく彼女の髪を撫《な》でながら、オレのモノに残っている精液を吸わせる。

「ん……んくっ、ちゅうっ……もう！　休ませてくれないのね」

「タフなドライバーは嫌いじゃないだろ？」

「ふふっ、そうよ、大好き……」

オレたちは再び激しく求め合っていった……。


最終戦、日本GPの鈴馬サーキット。

予選の結果、オレのスターティング・グリッドは2番目。ポールを取るのは、シューマッチなので、ある意味、オレの望む形ではあった。

「いずれにしても、レースはスタートの1コーナーで決まるだろう」

シューマッチがそうインタビューに答えたとか。

確かに、スターティング・グリッドから1コーナーが近いこの鈴馬サーキットにおいて、スタート時で、ポールを逆転することは非常に困難なことだと思える。

だが、そう『思える』ことにこそ、オレの狙《ねら》いはあった。

「今日はトップを取るよ」

オレは、決勝前のハワイアン和人のインタビューにそう答えた。

「うひゃー、これはまた大胆な発言ですねぇ。その不敵な自信の根拠は？」

「なんたってオレには勝利の女神が……いや、女神たちがついているからね」

あ然とするハワイアン和人を前に、オレはきっぱりとそう言い切った。


「二人とも頑張ってくださいねー！」

レースクィーン姿のケイが、オレとまさひこのところに最後の激励にやってきた。

そして、他に気付かれないように彼女はオレの背中に胸をすりつけながら、耳元で囁く。

「……カッコいいとこ、見せてよね。もち表彰台の真ん中でよ」


ふと覚えのある香りが、鼻腔をくすぐる。

「これは……そうだ、確か『シャンデリア』とかいう……あ！」

人ごみに隠れるようにして、ミンファがオレを見ている。

オレの視線に気付いたミンファの唇が、一語一語ゆっくりと言葉を紡ぐ。

「が・ん・ばっ・て・く・だ・さ・い」

読唇術の心得の無いオレでも、そうはっきりと読み取ることが出来た。

「……あのぉ、オーバーヒートには気を付けてくださいね」

「分かってるよ。せっかく監督がもとこちゃんの修正案を認めてくれたんだからね。それが正しかったことを証明してみせるよ」

もとこがオレの手を握り締め、自分の胸に押し付ける。

ぽよん、とした心地良い感触と一緒に、もとこの鼓動が伝わってくる。

「……わたし、信じてますから」


「もう私からは何も言うことはないわ。あなたたちの走りの集大成を見せてもらうわよ」

監督のれいこが、オレとまさひこを送り出す。

マシンへと向かう途中でオレが振り返ると、れいこが軽くウインクをしてみせる。

オレのつけた首筋のキスマークを指で指し示しながら。


プレス席を見ると、マユミがぐいっと力強く親指を突き出している。

マユミらしい、シンプルな激励の仕方だ。

「シン！」

大観衆の声援にも負けない、良く通る声はジューンだ。

観客席から、ジューンが熱い投げキッスを送る。

その少し離れた場所には、千切れんばかりにブンブンと手を振るせなの姿も見える。

せなの作った垂れ幕も、ベルギーＧＰの時と比べてパワーアップしている。

『らぶらぶ　ぷりてぃー　信悟之介』から『らぶらぶ　ぷりてぃー　まい・だーりん』に。

「見ていてくれ、オレの女神たちよ」

逸《はや》る気持ちを抑えて、オレは赤色灯の消えるのを待つ。


そして、運命のスタートが切られた。

シューマッチのホイールスピンが心なしか多い！　しかも、スタート直後、極端にイン側に、つまりオレのほうへと寄ってきている……チャンスだ！

オレは、一直線に1コーナーに向けてマシンを駆る。

思いがけなく、オレはトップに立った。いや、幸運やチャンスとかは向こうからやってくるものじゃない。スタートで抜いてやると、オレが諦《あきら》めなかったからそれは訪れたんだ！

気を抜かずオレは後ろとのアドバンテージを築くべく、1周ごとに最速ラップを更新していく。

次々と変わる目の前の風景のなか、オレの女神たち、彼女たちとの思い出を振り返る。

「もとこからは……マシンの声を聞くこと、マシンと一体になることを教えてもらった」

S字を抜け、立体交差の直前にある『デグナー』にさしかかる。乾いた口にドリンクを補給して、気合を入れ直す。

「……ケイからは、夢を実現するためには、確実にステップアップしていく必要があることを……ジューンからは、自分というものに自信を持つことを」

見ていると、シューマッチのサインボードにはオレとのタイム差しか掲示されていない。これは、彼がオレをライバルとして認めてくれている証しだろう。

「……マユミからは、プロフェッショナルとして、どうあるべきかを……せなからは、なりふり構わず一つのことを一途に貫き通すことを」

オレへのサインボードに「＋0.5　ＳＨＵＥ」と掲示された。

つまり、それは0.5秒うしろにシューマッチが迫っているということだ。

「……ミンファは、デビュー時代の頃からずっとオレのことが好きだったと言ってくれた。そうだ、とどのつまり、オレもレースが好きなんだ！」

鈴馬サーキットの名物、世界に名だたる超高速コーナー『１３０Ｒ』において、オレはシューマッチと激しく競り合う。ここが正念場だ。

「そして、れいこからは目標を持つことを、それを見据え、突き進むことを教えてもらった……」

タイヤが悲鳴を上げ、横Gがオレの肋骨《ろっこつ》を絞め付ける。

「今の目標は無論、このレースでトップを取ることだぁぁぁっ！」

エンジンの唸《うな》りに合わせるように、オレは叫んだ。


そして……オレの目の前でチェッカー・フラッグが振られた。

最初の一人として。

ウイニング・ランをするオレには、特別な感情も気持ちの高ぶりも感じなかった。

観客席の熱狂もただ客観的に見つめるだけだった。

しばらくして、その景色が微妙に歪《ゆが》んでいることに気付いた。

「シャンペン・シャワーにはまだ早いしな。雨……かな」

それが自分の目からおびただしく流れる涙のせいだと分かったのは、少したってからのことだった。

オレにとって、レースで初めて流す涙だった。

嬉しかった。

レースでトップを取ったことではない。

そのことで涙を流してしまう、そういう自分が嬉しかった。

エピローグ　『イグニッション・カット』　～ＧＰ閉幕、そして……～

Ｆ1／2も全6戦の日程が終了し、幕を閉じようとしている。

今夜は、無事にシーズンが終わったことを祝う、慰労会が行われている。

その喧騒《けんそう》の中、オレはある一人の女性に告白した。

「今後もオレと付き合ってくれないか。結婚を前提に考えてもらっても構わないから」

パーティ会場の玄関で、一人オレは彼女を待ち続ける。

約束の時間、21時を回ってしまったが、オレは彼女が来てくれることを信じている。

「……ちょっと失礼しま〜す！」

ふいに後ろから聞き覚えのある声がした。同時に……。

ガンッ！

何か鈍器のような物で頭を殴られた。

薄れゆく意識の中で、もしかしたら今の鈍器はあの時のもとこのスパナかなと、どうでもいいことが頭に浮かんだ……。

昏倒《こんとう》したオレが目を覚ますと、そこには……。

「いらっしゃいませ！『ハーレムレーサー』様！」

「えっ？　な、何ぃー！」

オレがシーズン中に手を出した……もとい、親交を深めた女性たち、7人がずらりと勢

エピローグ　『イグニッション・カット』〜GP閉幕、そして……〜

揃《そろ》いしている。しかも、何故か彼女たちはメイド姿だった。

「おめでとうございます。貴方は『ハーレムレーサー』の称号を得ることができました」

れいこが、口元に笑みを浮かべて、言った。

「私たちは、その栄光を称えるべく、貴方がくださった愛を一つの形に致しました」

もとこが、オレを昏倒させたであろうスパナを手にして、言った。

「『ハーレムレーサー』、その偉大なる称号をそのままこの館の名前に冠したのです」

マユミが、ニヤリと笑って、言った。

「今からこの館は貴方のものです。勿論、私たち7人のメイドもそうです」

ジューンが誘うように身をくねらせて、言った。

「ただし〜、この館からは一歩も出ないでくださいね〜」

せなが、ニコニコしながら恐ろしいことを言った。

「そう、ワタシたちを充分、満足させるまではね。ウフフ……」

ケイが、もっと恐ろしいことを言った。

自分で蒔《ま》いた種とはいえ、とんでもないことことになってしまった。これじゃあ、まるっきり軟禁状態だ。いわば、これは彼女たちにとって一種の復讐というわけか？

「それでは信悟之介サマ……いえ、御主人様、楽しく過ごしましょう」

ミンファのその言葉が終わるとともに、7人全員が一斉にオレに飛びかかってきた。

「うわっ！　ちょっ、ちょっと待って……」

あっという間に、オレは彼女たちに組み伏せられ、服を全て剥《は》ぎ取られる。

そして、彼女たちもそれぞれ服を脱ぎ捨て、オレに迫ってくる。

仰向けになったオレの股間《こかん》のモノを、れいことジューンが自らの性器でサンドイッチするようにして、体を上下に動かしている。

オレの顔をまたぐようにして、ミンファが自分の股間を口にこすりつけてくる。

そして、オレの右手にはケイの、左手にはマユミの、といった具合に、もう同じように湿っている秘所に愛撫《あいぶ》を求めてくる。

せなともとこは、体全体でオレの足にしがみ付いている。二人とも丁度、オレの足の指が彼女たちの秘所に当たるようにして。

悩ましい7人の喘《あえ》ぎ声を聞いて、オレも開き直る。

「次のシーズンまでには時間もあるし……今は流れに任せて楽しむとするか。この生活に飽きたら、その時に考えるということで」

一抹の不安が頭をよぎる。

「それまで、オレの体力が持つかどうかが問題だが……」


End……？

あとがき

どうも、本作でパラダイムノベルスも5作目となり、ますます18禁ゲームのノベライズの難しさに悩んでいる、高橋恒星です。

さて、前作『うつせみ』において筆者には一つ反省点がありました。枚数の関係で女性キャラクターを一人外したということが、それです。もし、そのキャラのファンが読んだ時、これは裏切り行為ではないのかと。

よーし、これからは主要女性キャラは一人足りとも削らないぞ！　と意気込む筆者の前に本作の依頼と共にソフトが送られてきました。

「ゲッ！　主人公の相手の女性が7人もいる！」

苦労惨憺の末、何とか7人全員を書きこんでみましたが、如何でしたでしょうか。

その結果、「エッチシーンが薄い！」「レースの描写が少ない！」等、思われた方がいましたら、平に御容赦を。尚、ゲーム中のサブ・イベントも随所に折り込んでみましたので、「あれっ、こんなイベント見てない！」と思われた方は、再度挑戦してみては如何かと。

では、読者の皆様とは又、次回作でお会いしましょう。

一九九九年十二月　高橋恒星

HaremRacer《ハーレムレーサー》 ～恋のレギュレーション待ったなし!～

2000年3月1日 初版第1刷発行

著　者　高橋 恒星
原　作　Jam
原　画　キリヤマ 太一

発行人　久保田 裕
発行所　株式会社パラダイム
〒166-0011 東京都杉並区梅里2-40-19
ワールドビル202
TEL03-5306-6921 FAX03-5306-6923

装　丁　林 雅之
制　作　ＡＧヴォイスプロモーション
印　刷　ダイヤモンド・グラフィック社

既刊ラインナップ

1 悪夢 ～青い果実の散花～ 原作:スタジオメビウス
2 脅迫 原作:アイル
3 痕 ～きずあと～ 原作:リーフ
4 慾 ～むさぼり～ 原作:May-Be SOFT TRUSE
5 黒の断章 原作:Abogado Powers
6 淫従の堕天使 原作:DISCOVERY
7 Esの方程式 原作:Abogado Powers
8 歪み 原作:May-Be SOFT TRUSE
9 悪夢 第二章 原作:スタジオメビウス
10 瑠璃色の雪 原作:アイル
11 官能教習 原作:テトラテック
12 復讐 原作:クラウド
13 淫Days 原作:ルナーソフト
14 お兄ちゃんへ 原作:ギルティ
15 緊縛の館 原作:XYZ

16 密猟区 原作:ZERO
17 淫内感染 原作:ジックス
18 月光獣 原作:ブルーゲイル
19 告白 原作:ギルティ
20 Xchange 原作:クラウド
21 虜2 原作:ディーオー
22 飼 原作:13cm
23 迷子の気持ち 原作:フォスター
24 ナチュラル ～身も心も～ 原作:フェアリーテール
25 放課後はフィアンセ 原作:スィートバジル
26 骸 ～メスを狙う顎～ 原作:SAGA PLANETS
27 朧月都市 原作:GODDESSレーベル
28 Shift! 原作:Trush
29 いまじねいしょんLOVE 原作:U・Me SOFT
30 ナチュラル ～アナザーストーリー～ 原作:フェアリーテール

31 キミにSteady 原作:ディーオー
32 ディヴァイデッド 原作:シーズウェア
33 紅い瞳のセラフ 原作:Bishop
34 MIND 原作:まんぼうSOFT
35 錬金術の娘 原作:BLACK PACKAGE
36 凌辱 ～好きですか?～ 原作:アイル
37 My dearアレながおじさん 原作:ブルーゲイル
38 狂＊師 ～ねらわれた制服～ 原作:クラウド
39 UP! 原作:メイビーソフト
40 魔薬 原作:FLADY
41 臨界点 原作:スィートバジル
42 絶望 ～青い果実の散花～ 原作:スタジオメビウス
43 美しき獲物たちの学園 明日菜編 原作:ミンク
44 淫内感染 ～真夜中のナースコール～ 原作:ジックス
45 My Girl 原作:Jam

46 面会謝絶 原作:シリウス
47 偽善 原作:ダブルクロス
48 美しき獲物たちの学園 由利香編 原作:ミンク
49 せ・ん・せ・い 原作:ディーオー
50 sonnet～心かさねて～ 原作:ブルーゲイル
51 リトルMyメイド 原作:スィートバジル
52 flowers～ココロノハナ～ 原作:CRAFTWORKside・b
53 サナトリウム 原作:ジックス
54 はるあきふゆにないじかん 原作:トラヴュランス
55 プレシャスLOVE 原作:BLACK PACKAGE
56 ときめきCheck in! 原作:クラウド
57 散櫻 ～禁断の血族～ 原作:シーズウェア
58 Kanon～雪の少女～ 原作:Key
59 セデュース ～誘惑～ 原作:アクトレス
60 RISE 原作:RISE

61 虚像庭園～少女の散る場所～ 原作:BLACK PACKAGE TRY
62 終末の過ごし方 原作:Abogado Powers
63 略奪～緊縛の館 完結編～ 原作:XYZ
64 Touch me～恋のおくすり～ 原作:ミンク
65 淫内感染2 原作:ジックス
66 加奈～いもうと～ 原作:ディーオー
67 PILE・DRIVER 原作:ブルーゲイル
68 Lipstick Adv.EX 原作:フェアリーテール
69 Fresh! 原作:BELLDA
70 脅迫～終わらない明日～ 原作:アイル【チーム・Riva】
71 うつせみ 原作:BLACK PACKAGE
72 Xchange2 原作:クラウド
73 M.E.M.～汚された純潔～ 原作:アイル【チーム・ラヴリス】
74 Fu・shi・da・ra 原作:ミンク
75 絶望 ～第二章～ 原作:スタジオメビウス

76 Kanon～笑顔の向こう側に～ 原作:Key
77 ツグナヒ 原作:ブルーゲイル
78 ねがい 原作:RAM
79 アルバムの中の微笑み 原作:curecube
80 ハーレムレーサー 原作:Jam

〈パラダイムノベルス新刊予定〉

82.淫内感染2
～鳴り止まぬナースコール～
ジックス　原作
平手すなお　著

　城宮総合病院で繰り広げられる、看護婦たちの饗宴はまだ終わらない。坂口と奴隷たちとの、淫靡な夜…。

83.螺旋回廊
ru'f　原作
島津出水　著

　レイプがテーマのホームページを見つけた祐司。そこに自分の情報が流出したとき、身近な女性が犠牲になるレイプ事件が起こる。

84.Kanon
～少女の檻～
Key　原作
清水マリコ　著

　『kanon』第3弾。祐一の先輩・舞は、夜な夜な学園の魔物と戦い続けていた。彼女だけが見える敵とは？